Christiane Gezeck

Das Geräusch

Roman

© 2013 Christiane Gezeck
Email: chr.gezeck@googlemail.com
www.christiane-gezeck.de

Titelbild: Dagmar Helbig, Portraitmalerin
www.dagmarhelbigart.com

Nachdruck und Vervielfältigungen, auch auszugsweise, bedürfen der schriftlichen Zustimmung der Autorin.

Herstellung und Verlag: BoD - Books on Demand, Norderstedt
ISBN 978-3-7322-8489-4

Geräusch (von Rauschen)

ist ein Sammelbegriff für alle Hörempfindungen, die nicht ausschließlich als Ton oder als Klang bezeichnet werden können. Ursache für ein Geräusch sind Schwingungsvorgänge, die in der Regel nicht periodisch verlaufen und sich in ihrer Struktur zeitlich ändern können.

(Quelle: Wikipedia, die freie Enzyklopädie)

I. (Donnerstag)

Leise ächzend humpelte sie zum Fenster, um es zu schließen. Seit einer Dreiviertelstunde bellte der Hund in der gegenüberliegenden Dachwohnung jetzt, und es hörte sich so sehnsüchtig an, dass sie es keine Sekunde länger ertragen konnte. Als sie mit dem bandagierten Zeh gegen das Tischbein stieß, stöhnte sie auf und krümmte sich zusammen. Sie biss sich auf die Lippe, und der Schweiß brach ihr aus allen Poren. Hinter den fest geschlossenen Lidern tanzten blaue Funken, ihr Atem kam pfeifend und stoßweise. Himmel, tat das weh! Während sie sich mit beiden Händen auf der Tischkante abstützte, wartete sie zähneknirschend darauf, dass der Schmerz nachließe. Sie wagte einen Blick auf den Verband und sah zu, wie er sich ganz langsam rot färbte.

Da war es wieder.

Sie hob den Kopf und lauschte. Da. Wieder dieses zittrige Jammern. War das ein Kind? Ein Tier? Eine alte Frau? Sie griff nach dem Fensterknauf und lehnte sich so weit hinaus, wie sie es auf einem Bein balancierend wagen konnte. Da - da war es. Ein Wimmern, es klang so ... trocken.

Lange bemühte sie sich, das Geräusch zu orten. Doch sie konnte nicht einmal genau sagen, ob es ein ganz leises Geräusch ganz in der Nähe oder ein eigentlich lautes war, das von weither kam. Außerdem drängte der Hund von gegenüber sich mit ungebremster Energie in den Vordergrund, und jetzt kamen auch schon wieder die Fußballkids in den Hof gestürmt. Leise seufzend schloss sie das Fenster, setzte sich auf den Küchenstuhl, hob den Fuß auf den Schoß und begann vorsichtig, den Verband von ihrem Zeh zu wickeln.

Dafür, dass ihr die Rohrzange erst vor einer knappen Woche drauf gefallen war, hatte sich der Nagel wirklich schnell gelöst. Als ihr Arzt ihr vorgeschlagen hatte, ihn möglichst rasch ganz zu entfernen, war sie entsetzt zurückgewichen, doch es hatte sich herausgestellt, dass die Betäubung trotz der beginnenden Eiterung gut wirkte und das Ziehen des Nagels nicht so schlimm war wie erwartet. Jetzt schluckte sie seit zwei Tagen das Antibiotikum, und die dazugehörige Übelkeit, vor der sie sich so gefürchtet hatte, setzte auch bereits ein. Als sie jetzt die Binde langsam abwickelte und den kleinen Tupfer, der die Wunde abdeckte, vorsichtig anhob, krampfte sich ihr Innerstes zusammen und schnürte ihr die Luft ab. Das sah aber nicht gut aus! Der ganze Zeh, wenn man diesen unförmigen Klumpen denn so nennen wollte, erglühte in leuchtendem Blaurot, das nach oben hin in ein glänzendes Schwarz überzugehen drohte, und an der Stelle, an der das Nagelbett sein musste, drangen leuchtend rote Blutstropfen hervor und krochen langsam über den Spann hinunter auf ihre Hose.

Sie stöhnte zwischen zusammengebissenen Zähnen, stand mühsam auf und hinkte ins Bad hinüber. Die Blutspur, die sie hinterließ, würde sie später bearbeiten, jetzt musste sie erst einmal einen neuen Verband anlegen.

Als sie eine halbe Stunde später auf dem Sofa saß, den Fuß hochgelegt und mit einem Kissen abgestützt, fiel ihr wieder dieses Wimmern ein. Es war ein beunruhigendes Geräusch. Beunruhigend auch deshalb, weil sie es nicht einordnen konnte. Weil sie die Quelle nicht ermitteln konnte, ja, nicht einmal eine Vorstellung von ihr hatte. Wann hatte sie es eigentlich zum ersten Mal gehört? Sie überlegte lange und kam dann zu dem Schluss, dass es im frühen Frühjahr gewesen sein musste. Sie erinnerte sich daran, dass sie mit Lena am offenen Fenster gestanden und sich über die ersten Krokusse in dem geschundenen Hinterhofrasen gefreut hatte, als Lena sie am Arm fasste und bat: „Sei mal still, Mami! Hörst du das?" Und Lena war zuletzt in den Semesterferien hier gewesen, also Anfang März. Das war jetzt gute vier Monate her.

Sie war wohl eingenickt, denn als das Telefon klingelte, fuhr sie erschrocken hoch. „Ellen Liebchen, was macht der Flünken?" Georg brüllte wie ein Stier, und wieder fragte sie sich, warum er eigentlich noch telefonierte - es würde doch genügen, wenn er einfach nur das Fenster öffnete. Sie hielt den Apparat am ausgestreckten Arm von sich und antwortete: „Er tropft so vor sich hin." „Was?" Georg wurde noch lauter. „Halt mal dein Telefon anständig, Mädchen, ich versteh ja kein Wort!" Also nahm sie es wieder ans Ohr und wiederholte brav: „Er tropft so vor sich hin." Während sie ihm von ihrem Missgeschick berichtete, wurde Georg immer leiser. Sie wusste, er konnte kein Blut sehen, schon der Gedanke daran trieb ihm die Farbe aus dem Gesicht und die Schweißperlen auf die Stirn, doch sie konnte der Versuchung nicht widerstehen, ihm den Anblick ihres Fußes ausgiebig zu schildern. „... und jetzt muss ich nur noch die Blutflecken wieder aus dem Teppich kriegen", schloss sie ihren Bericht. „Du könntest wohl nicht eben rüberkommen und mir helfen?" Schweigen am anderen Ende der Leitung. „Georg? Bist du noch da?" „Ach, Liebchen, weißt du, ich wollte grad ins Dorf zum Einkaufen, und da dachte ich, ich frag dich mal, ob du vielleicht Lust hast, mitzukommen oder ob ich dir was mitbringen soll?" Beharrlich und unbeirrbar nannte Georg das neu entstandene Einkaufszentrum auf der grünen Wiese „das Dorf", und behauptete, man müsse sich nur zu einem Cappuccino beim Italiener einfinden, dann sei man innerhalb kürzester Zeit über Hinz, Kunz, Max und Moritz und die gesamte Einwohnerschaft der Gegend im Bilde - jedenfalls, wenn man so aufgeschlossen und interessiert war wie Georg ...

Georg und sie waren zeitgleich in ihre Wohnungen eingezogen: Sie in die Wohnung im 1. Stock in der Wörthstraße, Georg in die Wohnung im 1. Stock am Geibelplatz, also genau gegenüber. Die Rückseiten der Blocks wurden getrennt - oder miteinander verbunden, das war eine Frage der Einstellung - durch den zertrampelten, braun verbrannten Rasen, den Wäscheplatz und die zum Katzenklo mutierte Sandkiste. Als sie damals gleich am Tag nach ihrem Einzug die Fenster geputzt und die neuen Gardinen aufgehängt hatte, war ihr Blick auf die blinkenden Scheiben im Haus gegenüber gefallen, wo ein Mann genau wie sie selbst auf der Fensterbank herumturnte, die Scheiben polierte und anschließend von einer überdimensionierten Leiter aus seine Gardinen aufhängte. Ihre waren von einem warmen Rostrot, seine tief nachtblau. Und während sie noch bemüht war, das Gardinenband glatt zu streichen und die Ringe gleichmäßig zu verteilen, hatte ihr Gegenüber angefangen, auf der Fensterbank zu tanzen und ihr fröhlich zuzuwinken. Soweit sie es auf diese Entfernung erkennen konnte, war er ungefähr in ihrem Alter, aber noch ähnlich sportlich wie sie selbst. Er schien nicht besonders groß zu sein, nicht viel größer als sie selbst, hatte volles dunkles Haar und trug eine Brille, die er sich alle Augenblicke mit dem Zeigefinger auf die Nase zurückschob. Sein breites Grinsen war über den ganzen Hofplatz hinweg zu erkennen und sie hatte sein Winken lachend erwidert. Das war der Beginn einer Freundschaft gewesen, die nun schon viele Jahre hielt.

Jetzt zog sie eine Grimasse, als sie den Fuß vom Sofa nahm und ihn vorsichtig auf den Boden stellte. Sie spürte, wie ihr Zeh sich mit Blut füllte und sich prall und heiß anfühlte. „Also?", fragte Georg. „Brauchst du was?" „Ach ja, sei doch so nett und bring mir ein Holzbein mit", antwortete sie, ärgerlich über sein mangelndes Mitgefühl. „Ich werd sehen, was sich machen lässt", antwortete er, und fügte dann mit einem leisen Lächeln in der Stimme hinzu: „Wie wäre es derweil mit gegrilltem Wildlachs auf Tagliatelle in Knoblauch-Sahne-Sauce?" „Und dazu einen feinherben Riesling?", fragte sie und setzte sich aufrecht hin. „Du bist und bleibst ein Banause!" Das Lächeln in seiner Stimme wich seinem polternden Lachen, das den Hörer in ihrer Hand vibrieren ließ. „Zu so einem Essen genießt man einen Bardolino oder zumindest einen Chardonnay, Liebchen, aber keinen Riesling ...." Er spuckte ihr das Wort geradezu entgegen, doch sie ließ sich nicht beirren. „Du hast Recht: Ich bin ein Banause - und es geht mir gut damit."

Da sie keine weiteren Aufträge für ihn hatte, verabredeten sie sich für den frühen Abend. Georg würde sein Genie in ihrer Küche walten lassen, um ihr die Mühe, „ums Carrée zu hinken", zu ersparen. Zufrieden lächelnd humpelte sie in die Küche, sie brauchte jetzt einen anständigen Kaffee.

Mit dem Becher in den Händen stand sie am Fenster und blies sanft in den heißen Dampf, der ihr verheißungsvoll in die Nase stieg. Die Fußballkids waren immer noch aktiv, insgeheim wunderte sie sich, wie problemlos die Jungs jeden Tag aufs Neue ihre Mannschaften aufstellten. Ob deutsch-, türkisch- oder russischstämmig spielte dabei überhaupt keine Rolle, genauso wenig wie Größe, Alter oder Gewicht. Alles, was zu zählen schien, waren Schnelligkeit, Gewandtheit und Ausdauer, und wieder beobachtete sie, wie ausgerechnet der Kleinste von ihnen das Spiel zu bestimmen schien. Und ausgerechnet der Kleinste war es, der am heftigsten protestierte und sich gebärdete wie Rumpelstilzchen, als jetzt drei

Mädchen dazu kamen und ohne viele Worte ihre Plätze in der Mannschaftsordnung einnahmen.

Da der Hund von gegenüber endlich verstummt war - wahrscheinlich waren Herrchen oder Frauchen nach Hause gekommen - wagte sie es, das Fenster wieder zu öffnen. Sofort mischte sich der Duft ihres Kaffees mit den Mittagsgerüchen und Zigarettenrauch aus den Nachbarwohnungen, und naserümpfend humpelte sie ins Wohnzimmer zurück, bemüht, den Kaffee nicht überschwappen zu lassen.

In ihrem Zeh pochte es. ‚Kühlen und hoch lagern', dachte sie und machte sich entgegen ihrer eigenen Anweisung zurück auf den Weg in die Küche. Im Eisfach müsste noch eine halb gefüllte Schale mit Eiswürfeln stehen, das dürfte fürs erste reichen. Sie löste das Eis unterm kalten Wasserhahn an, ließ es in ein sauberes Geschirrtuch gleiten und knotete die Enden des Tuchs zusammen. Im Hinausgehen warf sie einen Blick aus dem Fenster und sah, dass die beiden Mädchen von unten wieder ihre Decke auf dem Rasen ausgebreitet hatten und zusammen mit einer Freundin mit ihren Puppen spielten. Rosa wohin das Auge reichte. Sowohl die Mädchen selbst als auch die Puppen waren in so ziemlich jede Rosa-Schattierung gehüllt, die man sich vorstellen konnte. Und was die Kinder alles herausgetragen hatten. Sie blieb stehen und sah sich das Stillleben genauer an: Rosa Betten mit rosa Bettzeug, ein sechseckiger Kleiderschrank mit Spiegel, hellfliederfarben, aber mit rosa Rosenknospen besetzt; eine pinkfarbene Frisierkommode, darauf ausgebreitet passende Accessoires wie Kamm, Bürste, Spiegel, Flacons und Döschen jeder Art und Größe. Ein metallisch glitzernder Läufer verband das Schlafzimmer mit dem Puppenbad, in dem natürlich sowohl die Badewanne als auch die Toilette, das Waschbecken und die Badeteppiche in Schweinchenrosa leuchteten. Als sie jetzt sah, wie die beiden älteren Mädchen sich je zwei rosa Marshmallows in den Mund stopften und sich dabei vor Lachen krümmten, hinkte sie kopfschüttelnd ins Wohnzimmer. Wieder einmal musste sie sich eingestehen, dass ihr der Anblick von dicken Kindern schlechte Laune verursachte.

Dazu verdammt, sich ruhig zu verhalten, beschloss sie, sich ihrer Ablage zu widmen. Allein das Vorsortieren der Papierberge, die sich im Laufe der vergangenen Monate angesammelt hatten, nahm schon einige Zeit in Anspruch, und als gegen 18.00 Uhr Georg klingelte, war sie froh, die übrig gebliebenen Stapel zusammenpacken und hinter der Schranktür verschwinden lassen zu können.

„Ellen, Liebchen, ich habe umdisponiert!", verkündete Georg, als er sich Taschen schwingend zur Tür hereindrehte. „Es gibt nicht Lachs auf Tagliatelle, sondern Langostinos an Farfalle in Bärlauchschaum, wie hört sich das an, hm? Weißt du, je nach Angebot muss man halt flexibel sein, und ich dachte mir, du hast sicher nichts dagegen ..." Sie war ihm in die Küche gefolgt, wo Georg sich ganz zuhause fühlte. Er kannte sich aus in ihren Schränken, wusste - meist besser als sie selbst - was sie noch im Eisfach oder im Gefrierschrank aufbewahrte, schärfte regelmäßig ihre Messer, sortierte kopfschüttelnd und aus tiefstem Herzen seufzend ihre bescheidenen Weinvorräte und genoss es, ihr die Erlebnisse der vergangenen Tage zu schildern, während seine Hände zwischen Schneidbrett, Töpfen und Pfannen hin- und herflogen. Das einzige, was er grundsätzlich aus seinem eigenen Hausstand mitbrachte, waren sein Kochmesser und seine Schürze.

Seit ungefähr drei Jahren war Georg mit einem zwölf Jahre jüngeren Piloten der Lufthansa liiert. Sie hatten sich kennengelernt anlässlich eines Fluglotsenstreiks, währenddessen Georg als Journalist seine Tage auf dem Flughafen verbracht und keine Gelegenheit ausgelassen hatte, Bord- und Bodenpersonal zu interviewen. Und die Tatsache, dass Björn auf den großen Routen eingesetzt war und oft genug zwischen den Flügen gar nicht nach Hause kam oder aber in einer der Wohnungen in Hamburg, die die Fluglinie ihrem Personal zur Verfügung stellte, übernachtete, empfand Georg als ausgesprochen angenehm, denn das halte die Liebe frisch und lasse sie sie jedes Mal wieder als Urlaub vom Alltag erleben, behauptete er.

Jetzt hatte er Schalotten und Knoblauch angeschwitzt und löschte gerade mit einem Schuss Weißwein ab, als derbes Gebrüll durch das offene Fenster drang. Eine Männerstimme grölte Unverständliches und beendete jeden Satz mit „... oder was?", während eine kaum hörbare Frauenstimme von Schluchzern geschüttelt dagegenzuhalten suchte. Gerade hatte Georg sich aus dem Fenster gelehnt, um seinen Kommentar zu diesem Intermezzo abzugeben, als irgendwo ein Fenster zugeschlagen wurde und der Lärm verstummte. Stirnrunzelnd sah er Ellen an. „Was sind denn das für Leute?", fragte er und wandte sich wieder dem Herd zu. „Keine Ahnung." Ellen zuckte mit den Schultern. „Scheinen die Mieter unter mir zu sein. Kannst du dir vorstellen, dass die jetzt schon ein paar Monate hier wohnen und ich immer noch kein Wort mit ihnen gewechselt habe? Gerade vorgestern stand ich mit Sabine und Dietmar unten im Hausflur, als die junge Frau nach Hause kam. Schwer bepackt mit einem Haufen Plastiktüten. Dietmar hält ihr die Tür auf, wir grüßen sie freundlich - meinst du, die hat unseren Gruß erwidert oder sonst eine Silbe gesagt? Schließt die Wohnungstür auf, schiebt ihre Tüten rein und schlägt mit dem Fuß die Tür hinter sich zu. Fertig. Lauterberg eben. Nomen est omen!" „Habe ich da eben vielleicht eine Spur von Gehässigkeit herausgehört?", fragte Georg und drohte ihr mit dem erhobenen Finger.

Die Farfalle mit Langostinos an Bärlauchschaum waren ein Traum. Die Nudeln auf den Punkt gegart, die Langostinos ganz kurz in Knoblauchöl angebraten, der Bärlauchschaum zart schmelzend und luftig - Ellen genoss mit geschlossenen Augen, überschüttete Georg mit Komplimenten und trank dazu ihren gut gekühlten, feinherben Riesling. Zum Dessert zauberte Georg noch ein Orangensorbet aus dem Gefrierschrank (sie hatte gar nicht gewusst, dass es das noch gab), und als sie ihren Espresso mit ins Wohnzimmer nahmen, waren sie alle beide rundherum glücklich und zufrieden.

„Wie lange bist du noch krank geschrieben?", fragte Georg und riskierte einen kurzen Blick auf Ellens hoch gelagerten Fuß. „Nur noch diese Woche", antwortete sie und prostete ihm zu. „Ich glaube zwar nicht, dass ich nächste Woche schon wieder in einen Schuh passen werde, aber unter dem Schreibtisch sieht man es ja nicht, wenn ich Latschen trage."

II. (Montag)

Sie hatte Recht: Auch am Montag passte ihr Fuß noch in keinen Schuh, aber es gelang ihr, die Riemen einer Sandale so weit zu stellen, dass sie sie über den Verband stülpen, dem Fuß damit zu einer festen Sohle verhelfen und Auto fahren konnte. Die Alternative dazu wären die öffentlichen Verkehrsmittel, dichtes Gedränge und mehrfaches Umsteigen gewesen, und als das Thermometer morgens um 7.00 Uhr bereits 22 Grad zeigte, hatte der tröstliche Gedanke an die Klimaanlage ihres Autos die Sache blitzschnell entschieden.

Als sie die Tür zu ihrem Büro öffnete, wäre ihr Chef ihr vor Freude beinahe um den Hals gefallen. Ein Blick auf ihren Schreibtisch verriet ihr auch, warum: Mit Klebezetteln jeglicher Couleur versehene Akten waren fein säuberlich links und rechts der Schreibtischauflage angeordnet und bildeten exakt ausgerichtete Spaliere. Auch nach all den Jahren der Zusammenarbeit fiel es ihr noch schwer, Hartmanns Pedanterie nicht zu kommentieren. ‚Was für ein Glück, dass bald Urlaubszeit ist', dachte sie, als sie einen Blick auf die post-its warf, auf denen er mit seiner kleinen, akkuraten Handschrift Fragen, Anmerkungen und Aufträge notiert hatte. Sie hoffte inständig, dass das Telefon sie in den Tagen bis zu ihrem eigenen Urlaub nicht mit Anrufen aus Frankreich, Spanien oder Übersee strapazieren würde.

„Hui, das sieht ja gefährlich aus", sagte Hartmann jetzt mit Blick auf ihren Fuß. „Sind Sie sicher, dass Sie hier schon wieder rumhumpeln möchten?" Sie lachte und ließ sich auf ihren Schreibtischstuhl fallen. „Wer sagt denn, dass ich humpeln werde?", fragte sie, stieß sich von der Schreibtischkante ab und rollte zur Tür. „Ich fahre jetzt erstmal Kaffee kochen..."

Ohne Kaffee war ein Tagesbeginn weder für sie noch für ihren Chef denkbar, und so hatte es sich eingebürgert, dass sie die tägliche Arbeitsbesprechung nicht vor dem ersten Schluck begannen. Heute servierte Ellen Kaffee und Kekse, indem sie ihren Stuhl als fahrbares Tablett benutzte, das sie hinkend vor sich her schob, und wie immer war der in jeder Hinsicht etwas unpraktische Hartmann fasziniert „von der Art, wie Sie sich zu helfen wissen, Frau Cordes!" Die Möglichkeit, dass er selbst oder die junge Kollegin den Kaffee hätte kochen können, kam nicht mehr in Betracht - zu jämmerlich waren die Versuche, auf denen er selbst einst bestanden hatte, ausgefallen.

Gegen elf hatte sie sich einen Überblick über die dringendsten Vorgänge verschafft. Einiges konnte sie delegieren, anderes war mit ein paar Telefonaten vorerst geklärt, und am frühen Nachmittag war bereits wieder Land in Sicht. Sie atmete auf. Angesichts der Tatsache, dass bis zu den Betriebsferien nur noch wenige Tage blieben, um Liegengebliebenes aufzuarbeiten, hatte sie auf ihre Mittagspause verzichtet und ihre junge Kollegin gebeten, ihr vom Kiosk ein Sandwich mitzubringen, das sie hastig am Schreibtisch verspeist hatte. Das war vor mehr als zwei Stunden gewesen, und jetzt legte sie die Hand auf ihren knurrenden Magen.

„Ich mach Schluss für heute", rief sie Hartmann zu, der wild gestikulierend telefonierte. Mit einem geistesabwesenden Winken signalisierte er, dass er verstanden habe, und leise schloss sie die Tür zu seinem Büro.

Auf dem Heimweg fiel ihr die Leere in ihrem Kühlschrank ein, und sie fuhr gleich durch zum Einkaufszentrum, wo sie einen Parkplatz direkt vorm Eingang ergatterte. Als sie sich auf den klebrigen Griff des Einkaufswagens stützte, den sie mit Mühe aus der verkeilten Schlange seiner Artgenossen gezerrt hatte, ging sie im Geiste ihren Einkaufszettel durch, der mal wieder zuhause auf dem Küchentisch lag. ‚Gut, wenn man ein visuelles Gedächtnis hat', dachte sie und griff nach einer Packung Wildreis, als ihr mit lautem Scheppern ein Einkaufswagen in die Hacken geschoben wurde. Der Schmerz ließ sie aufschreien und herumfahren, doch das Mädchen, das ihren Wagen offensichtlich als Roller benutzt und die Kontrolle darüber verloren hatte, war schon an ihr vorbei und im nächsten Gang verschwunden. Wütend hinkte sie hinterher und stand ihrer Nachbarin von unten gegenüber, die gerade einen Sechserpack Cola in den von ihrer Tochter gesteuerten Einkaufswagen hievte. „Du, wenn du schon Rallye fährst hier im Laden, kannst du dich jedenfalls entschuldigen", fuhr Ellen das Mädchen an, das völlig ungerührt an ihr vorbei sah. Mit den weizenblonden Locken um das herzförmige Gesicht und den strahlend blauen Augen sah sie aus, als könne sie kein Wässerchen trüben. „Das tut nämlich verdammt weh", fügte Ellen hinzu und deutete auf ihre geschundene Ferse. Weder das Kind selbst, noch die Mutter schienen Notiz von ihr zu nehmen, nur die ältere Schwester starrte sie mit offenem Mund an. Sie stand auch noch da, als ihre Mutter und Schwester längst in den Quergang abgebogen waren und Ellen sich kopfschüttelnd zurück zu ihrem Einkaufswagen begeben hatte. Noch mehrmals sah sie die Familie in den Gängen herumtrödeln, achtete jedoch darauf, ihr nicht zu nahe zu kommen. Irgendetwas an dem größeren Mädchen zog jedes Mal ihre Aufmerksamkeit auf sich. Es war nicht nur der stets offen stehende Mund, der ihr ein nicht gerade intelligentes Aussehen verlieh, oder dieser plumpe, dickliche Körper, der in so krassem Gegensatz zu der zierlichen Gestalt ihrer kleinen Schwester stand. Es war noch etwas anderes .... und erst, als sie ihre Einkäufe ins Auto lud, fiel es ihr ein: Es war die Kleidung des Mädchens. Denn trotz der hochsommerlichen Temperaturen, die sich jetzt am Nachmittag der 30 Grad-Grenze näherten, trug sie über einer langen Baumwollhose einen halblangen Rock und unter dem Shirt, das ihr mindestens zwei Nummern zu groß war, lugte der Kragen einer Karobluse hervor. Im Gegensatz dazu hüpfte ihre kleine Schwester in einem knallbunten Top mit Spaghettiträgern und einer knappen Shorts neben ihr her, und auch Frau Lauterberg, deren kantige Schlüsselbeine unter dem spitzen Kinn hervorsprangen, trug Khaki-Shorts und ein mit Pailletten besetztes Tanktop. Sie boten einen seltsamen Anblick.

Obwohl Ellen für ihren Fuß noch neues Verbandmaterial aus der Apotheke und Kontoauszüge von der Bank holen musste, wodurch sie erst spät zuhause eintraf, waren Mutter und Töchter mit ihrer Last, die sie in Taschen und Tüten nach Hause schleppen mussten, offensichtlich noch nicht eingetroffen. Das jedenfalls schloss sie aus der hämmernden Musik, die in ohrenbetäubender Lautstärke aus der Wohnung ins Treppenhaus drang, während sie, einen Leinenbeutel in jeder Hand, auf den Fahrstuhl wartete. ‚Unter anderen Umständen hätte ich ihr angeboten, sie im Wagen mitzunehmen', dachte Ellen und fragte sich, wieso sie auf die Idee nicht vorher gekommen war. Aber sie wusste es: Die junge Frau verhielt sich so desinteressiert und abweisend, ja fast feindselig, dass die Vorstellung, sich ihr freundlich und hilfsbereit zu nähern, irgendwie abwegig war.

Der Fahrstuhl schien mal wieder festzuhängen, und als sie sich gerade entschieden hatte, die Treppen zu ihrer Wohnung hinaufzuhumpeln, wurde die Haustür aufgestoßen und Ludger Simons schob sein Rennrad herein. Er war in Schweiß gebadet, doch offensichtlich gut gelaunt denn er begrüßte Ellen mit fröhlichem Lachen. „Sagen Sie bloß, Sie haben auch bei diesem Wetter Ihre Tour absolviert?", fragte sie ungläubig. „Aber ja! Nur die Harten kommen in'n Garten... und die Härteren kriegen die Gärtnerin...", witzelte er und schob sein Rad Richtung Kellerniedergang. „Die gesamte Strecke?" „Jawoll! Die gesamte Strecke! Exakt 54,03 km in 3 Stunden, 25 Minuten und 16 Sekunden - nicht schlecht, oder?" „Keine Ahnung", gab Ellen zu. „Hört sich aber ganz schön schnell an .... bei 30 Grad im Schatten!" „Das will ich meinen", antwortete Ludger strahlend, warf dann aber einen bitterbösen Blick auf die Etagentür unten rechts. „Wie halten die das nur aus?", fragte er. „Wird man nicht blöd im Kopf, wenn man diesen Hammersound hört? Meine Güte, das ist doch krank..." Er fuhr sich mit der flachen Hand vor der Stirn hin und her und schulterte sein Rad. Leise vor sich hingrummelnd, machte er sich daran, die Treppe hinunterzusteigen. Endlich öffnete auch der Fahrstuhl seine Türen, und Ellen war froh, dem Krach im Treppenhaus entkommen zu können.

III. (Freitag)

Die Hitze der vergangenen Tage hielt auch in der folgenden Woche noch an. Tagsüber hielt sie die Fenster ihrer Wohnung fest geschlossen und verdunkelt, doch auch die Nachtluft brachte kaum Abkühlung. Das Leben der Nachbarschaft spielte sich, soweit möglich, auf dem Rasenplatz im Innenhof ab, und so mischten sich jeden Abend Stimmengewirr und Musik, Grillgerüche und Zigarettenqualm, Hundegebell und Kindergeschrei und stiegen auf als fast sichtbare Säule einer Kakophonie, die auch morgens beim Aufstehen noch in ihrem Schädel zu hämmern schien. Sie war urlaubsreif.

Doch als am Freitagnachmittag die Firma tatsächlich ihre Pforten schloss und die Belegschaft in den wohlverdienten Betriebsurlaub entließ, sah Ellen dem mit ausgesprochen gemischten Gefühlen entgegen. Wohl wissend, dass ihr Fuß eine mehrere hundert Kilometer lange Autofahrt nicht zulassen würde, hatte sie ihren Norwegenurlaub gestrichen, das bereits reservierte Wohnmobil storniert und sich stattdessen für den Einbau einer Klimaanlage in ihrem Schlafzimmer entschieden. Eine echte Alternative! Sie lächelte bitter, startete ihren Wagen und machte sich auf den Weg nach Hause. Sie konnte nur hoffen, dass alle Nachbarn rund um sie herum ihre Koffer packen und verreisen würden, damit sie in ihrer Wohnung die Ruhe der Einsamkeit genießen könnte.

Sie hatte gerade die Seidenbluse gegen ein ärmelloses Shirt getauscht, als es an der Tür klingelte. Bepackt mit einer großen, braunen Papiertüte, aus der ein herrlich duftendes Baguette lugte, stand Sabine vor ihr. „Oh wie schön, du bist schon da, Ellen!", rief sie und bemühte sich, an der Brotstange vorbeizuschielen. „Du, Dietmar und ich haben ab heute Urlaub und haben spontan beschlossen, auf dem Balkon zu grillen ... nur ein paar Kleinigkeiten, Scampis und Gemüse und so ... hast du nicht Lust, mit uns zu essen? Ja? Oh, prima, da freu ich mich!! Und sag, magst du Georg fragen, ob er auch kommt? Auf seine Saucen würd ich so ungern verzichten!" Sie zwinkerte Ellen zu und drückte den Fahrstuhlknopf, während sie das Gewicht ihrer Einkaufstasche verlagerte. „Was soll ich mitbringen?", fragte Ellen. „Gute Laune!", rief Sabine, während sich die Türen hinter ihr schlossen.

Sabine und Dietmar bewohnten eine Wohnung im 3., also im obersten Stockwerk des Hauses, und hatten ihre Wohnung im Laufe der Zeit zu einem wahren Schmuckstück ausgebaut. Mit Erlaubnis des Vermieters hatten sie ihren Balkon zum Wintergarten umgestaltet und sich als Ergänzung dazu in luftiger Höhe eine riesige Dachterrasse anlegen lassen, auf der Sabine in Kübeln, Töpfen und Schalen alles kultivierte, was in diesen nördlichen Breiten auch nur ansatzweise gedieh: Geranien, Margeriten, Solanum, Bougainvillea, Oleander, Buchsbaum, Buntnesseln... Es war der reinste Dschungel. Und es wurde ein köstlicher Abend. Georg hatte sich selbst übertroffen und zu den Scampis eine raffiniert gewürzte Sauce aus Campari, Sherry und Zitrone auf Olivenölbasis kreiiert, sie selbst hatte einen Capverdischen Salat mit Granatapfel und gerösteten Mandelblättchen beigesteuert, und Dietmar hatte natürlich nicht nur Scampis und irgendein Gemüse gegrillt, sondern marinierte Zucchini, grünen Spargel und gefüllte Auberginen serviert, und als Sabine nach dem Erdbeersorbet ihre Mundharmonika hervorholte und als erstes „Zogen einst fünf wilde Schwäne ..." anstimmte, fühlte Ellen, wie eine Woge des Glücks sie überschwemmte. Diesen Abend hätte sie nicht missen mögen!

Erst ganz spät, als auch in der Nachbarschaft Ruhe eingekehrt war, als die Beleuchtung in den umliegenden Fenstern erlosch, der Innenhof im Dunkel der Nacht versank und der Mond im Meer der Sternenschar schwamm und auf sie herab lächelte, hörte sie es. Da war es wieder. Dieses zittrige Jammern, dieses trockene Wimmern - da war es wieder.

„Hört ihr das?", fragte sie. Sie saß aufrecht auf ihrer Liege, den Zeigefinger in die Luft gereckt. „Was denn?", fragte Dietmar schläfrig. „Da ... hör doch ..." „Ich hör nichts", nuschelte Georg und schenkte sich Wein nach. „Hörst du vielleicht das Gras wachsen?" Er hatte offensichtlich bereits genug getrunken und kicherte dümmlich. „Was denn? Was meinst du?", fragte Sabine, die sich mit hinter dem Kopf verschränkten Armen auf ihrer Liege ausgestreckt hatte und träumend in den Sternenhimmel blinzelte. „Dieses Wimmern", antwortete Ellen. „Ich kann nicht sagen, was es ist. Aber ich hab's schon öfter gehört. So eine Art Jammern. Wie von einem Kind. Oder von einem Tier. Ich weiß es nicht. Bei mir unten ist es besser zu hören." Sie schwiegen und lauschten, doch außer Georgs Schnarchen hörten sie nichts.

IV. (Dienstag)

Die Handwerker klingelten genau eine halbe Stunde, bevor sie zu ihrem Arzttermin die Wohnung verlassen musste. Da in diesem Sommer Klimatechniker Hochsaison und im wahrsten Sinne des Wortes alle Hände voll zu tun hatten, und da sie selbst überhaupt nur durch einen unglaublichen Zufall auf die Liste der abzuarbeitenden Aufträge gerutscht war, hieß sie sie herzlich willkommen, stellte ihnen noch blitzschnell ein Tablett mit eisgekühlten Getränken, Käsebrötchen und Keksen zurecht und bat sie, nach Beendigung ihrer Arbeiten die Wohnungstür einfach hinter sich zuzuziehen. Auf dem Weg zum Fahrstuhl klingelte sie kurz bei Frau Schröder nebenan und bat die alte Dame, ob sie vielleicht von Zeit zu Zeit und mit dem einen oder dem anderen Ohr lauschen könne, wann die Herren ihre Wohnung verließen? Vielen Dank.

Ellen hatte gehofft, dass die begonnene Ferienzeit das Wartezimmer von Dr. Brüggemann leer gefegt hätte. Doch bereits an den Mienen der Helferinnen konnte sie erkennen, dass das eine Illusion gewesen war: Das Wartezimmer quoll geradezu über. Irgendjemand war verzweifelt genug gewesen, trotz der um diese Zeit bereits herrschenden Außentemperaturen die Fenster zu öffnen, doch außer, dass sich die im Raum befindliche Luftmasse ein wenig von links nach rechts und wieder zurück zu wiegen schien, wobei sie sich offenbar immer weiter verdichtete, geschah nichts. Gerade wollte Ellen sich diskret auf den Flur zurückziehen, um ein anderes Mal wiederzukommen, als ein Patient aufgerufen und somit sein Stuhl frei wurde. Mit angehaltenem Atem nahm sie Platz.

Vorsichtig ließ sie die Blicke schweifen. Sie zählte elf Patienten, die vor ihr dran kommen würden. Elf! Bei zehn Minuten pro Person machte das einhundertzehn Minuten, d.h. eine Stunde und fünfzig Minuten, also fast zwei Stunden Wartezeit. Zwei Stunden in dieser Atmosphäre? Nie! Niemals würde sie das aushalten, und gerade zog sie den schmerzenden, immer noch pochenden Fuß zu sich heran, um aufzustehen und diesen gastlichen Ort schnellstmöglich zu verlassen, als sie spürte, dass sie beobachtet wurde. Sie wandte den Kopf und sah sich Auge in Auge mit der älteren Lauterbergtochter. Auf einer ihrer mickrigen Haarsträhnen kauend, lehnte sie an den knochigen Schenkeln ihrer Mutter.

„Hallo!" Ellen lächelte angestrengt und erwartete, dass ihr Gruß zumindest von der Mutter erwidert werden würde. Die allerdings war tief versunken in einen Bericht über die neuesten Eskapaden Carl XVI. Gustavs, die sie im Grünen, Goldenen oder Bunten Blatt studierte, so dass sie nichts und niemanden um sich herum wahrzunehmen schien. Nach einem scheuen Blick auf ihre hochkonzentrierte Miene riskierte die Tochter den Versuch eines Lächelns. „Wir haben uns ja schon öfter gesehen", begann Ellen vorsichtig, „aber ich weiß noch gar nicht, wie du heißt?" Wie schon neulich im Supermarkt, fiel ihr auch jetzt wieder die eigenwillige Kombination auf, mit der das Kind bekleidet war: Schwarze Leggings unter pinkfarbenen Bermudas, ein lila T-Shirt und über allem ein ärmelloses Baumwollkleid in Mint und Türkis. Die Farbzusammenstellung war zumindest ungewöhnlich, und beim Anblick all der Stoffschichten übereinander brach Ellen schlagartig der Schweiß aus. Jetzt steckte das Mädchen wieder die Haarsträhne in den Mund, winkelte das rechte Bein ein wenig an und drehte sich, an den Schenkel der Mutter gelehnt, schüchtern lächelnd hin und her. Ihre Lippen formten ein Wort. „Wie bitte?", fragte Ellen und beugte sich vor. Wieder flüsterte sie etwas Unverständliches, und die Lider senkten sich, während das Kind sich verlegen drehte. „Tut mir Leid", sagte

Ellen, „ich hab dich immer noch nicht verstanden." „Sarah heißt sie", murmelte die Mutter, und das Kind klammerte sich an ihren Arm. Ellen schluckte einmal kurz, dann lächelte sie der Kleinen zu: „Hallo, Sarah. Ich bin Ellen Cordes."

Sarah schien dankbar zu sein, dass Ellen sich von der wenig einladenden Art ihrer Mutter nicht hatte abschrecken lassen, denn ihr Lächeln wurde ein ganz klein wenig breiter. Ellen sah, dass ihr die oberen Schneidezähne fehlten, nur die braun verfärbten Stummel ragten noch aus dem Zahnfleisch. „Au weia, hast du dir die Zähne ausgeschlagen?" Ellen war mit dieser Frage ganz spontan herausgeplatzt. „Is vonner Schaukel gefallen", brummte die Mutter unwillig, legte den Arm um Sarah und zog sie so abrupt an sich, dass das Kind den Halt verlor. Mit hochrotem Kopf und zusammengekniffenen Lippen versteckte sich Sarah an ihrer Schulter. „Du Arme, das hat bestimmt weh getan, was?" Doch ein Wimpernschlag ihrer Mutter genügte, um Sarah endgültig verstummen zu lassen.

Die zerlesenen Zeitschriften in dem Durcheinander auf dem kleinen Tisch in der Mitte des Wartezimmers konnten Ellen wenig reizen, und sie war froh, sich wie immer ihr Buch eingesteckt zu haben. Für die Ferien hatte sie sich einen in Lübeck spielenden Psycho-Krimi gegönnt, doch noch ehe sie sich so richtig hinein vertiefen konnte, ertönte die fragende Stimme einer der Arzthelferinnen: „Frau Lauterberg, bitte?" Die Angesprochene klappte ihre Zeitschrift zu, warf sie achtlos auf ihren Stuhl, was soviel heißen sollte wie „das ist meiner, ich komme wieder", raffte eine riesige Tragetasche zusammen, die zu ihren Füßen gelegen hatte. Sie schubste ihre Tochter über den Flur in Richtung auf den Tresen. Ellen beobachtete, wie sie einen Urinbecher in Empfang nahm, nickte und sich nach rechts zur Toilette wandte. An ihrem Profil unter einer Wolke von drahtigen Locken konnte Ellen erkennen, dass sie eigentlich ein zartes, verletzliches Gesicht hatte, dem sie eine abweisende Maske aus Provokation und Trotz verpasst hatte. Ob sie schon immer so eine hagere Erscheinung ohne jede Andeutung einer Rundung gewesen war? In diesem Moment empfand Ellen fast so etwas wie Mitleid mit ihr.

Einen kleinen Augenblick später ertönte aus der Toilette ein spitzer Schrei, dem klägliches Weinen folgte. Dann Gerumpel und Geschimpfe, dann war wieder Ruhe. Alle Köpfe hatten sich umgewandt, und als Sarah jetzt, einen Finger im Mund und mit tränenfeuchten Wangen, vor ihrer Mutter her zurück an den Tresen trat, war ihr das Mitgefühl der Wartenden gewiss. „Nanu, was ist passiert?" Frau Thomsen beugte sich fragend zu Sarah hinunter. „Finger geklemmt", antwortete Frau Lauterberg, wobei sie ihre Tochter am Arm packte und hinter sich schob. Gleichzeitig stellte sie den gefüllten Urinbecher auf den Tresen. „Ach, den hätten Sie jetzt da in die Durchreiche... Oh, das sieht aber nicht gut aus", unterbrach sich die Arzthelferin, ergriff den Becher, in dem Ellen selbst aus der Entfernung eine kleine Menge roter Flüssigkeit schwappen sah, und eilte damit ins Labor. Frau Lauterberg schob Sarah wieder vor sich her ins Wartezimmer, ließ sich zurück auf den tatsächlich noch freien Stuhl plumpsen und vertiefte sich in ihre Zeitschrift. Sarah lehnte sich sofort wieder bei ihr an, wickelte das rechte Bein ums linke und zog so lange die Nase hoch, bis nicht nur Ellen, sondern auch eine Dame auf der anderen Seite des Wartezimmers ein Papiertaschentuch zückten und es ihr reichten. Doch das Kind schüttelte nur den Kopf, steckte wieder den Finger in den Mund und vergrub das Gesicht in den Haaren ihrer Mutter, wo sie weiter schniefte.

Mittlerweile war die Luft im Raum unerträglich geworden. Ellen hätte ihren Fuß gern hoch gelagert, denn das Pochen hatte wieder eingesetzt, und immer wieder sah einer der Wartenden aufstöhnend auf die Uhr. Am Tresen herrschte ein Kommen und Gehen, und mehr als einmal machte ein Patient beim Anblick all der besetzten Stühle auf dem Absatz kehrt und verließ kopfschüttelnd die Praxis. Das einzige, was Ellen noch auf ihrem Stuhl hielt, waren ihr Buch und die Tatsache, dass von den elf Personen, die noch vor ihr an die Reihe kamen, bisher jeweils zwei zusammengehört hatten, so dass sich ihre Wartezeit schon auf die Hälfte verkürzt hatte.

Wieder wurde Frau Lauterberg aufgerufen. Diesmal schmiss sie ihre Zeitschrift mit Schwung auf den Tisch, ergriff ihre Tasche und marschierte zum Tresen, ohne auf ihre Tochter zu achten. Sarah nutzte die Chance, Ellen einen schnellen Blick zuzuwerfen, in dem fast so etwas wie ein Lächeln aufblitzte. Dann stand sie auch schon wieder an der Seite ihrer Mutter, der Frau Thomsen bereits ein Rezept ausgehändigt hatte. „... aber diesmal bitte bis zum Ende durch nehmen, ja? Bitte nicht wieder vorzeitig abbrechen, Frau Lauterberg, das ist ganz wichtig ..." Frau Lauterberg ließ sie reden, schob Sarah vor sich her zur Tür hinaus und war verschwunden.

Eine dreiviertel Stunde später folgte Ellen ihnen, versehen mit einem neuen Verband, der ersten von drei Antibiotika-Spritzen, einem Rezept für Schmerztabletten und dem geflüsterten Rat von Frau Thomsen, sich zusätzlich aus der Apotheke homöopathisches Arnika zu holen, um den Heilungsprozess zu beschleunigen. Ihre Hoffnung, die Handwerker möchten in der Zwischenzeit mit der Installation ihres Klimagerätes fertig geworden sein, erfüllte sich nicht.

V. (Sonntag)

Ihre erste Ferienwoche verbrachte Ellen mit einem Buch, einem Putzlappen oder einem Ordner in der Hand: Sie genoss es, in ihrem gut gekühlten Schlafzimmer auf dem Bett zu liegen und stundenlang zu lesen; sie nutzte kurze Anfälle von Aktivismus, um dem Innenleben ihrer Schränke zu Leibe zu rücken; und sie brachte zu Ende, was sie bereits vor Wochen begonnen hatte: ihre Ablage. Am Ende der ersten Urlaubswoche konnte sie zwei Drittel ihrer Liste für „Unerledigtes" abhaken und war hochzufrieden mit sich.

Am Sonntagabend klingelte ihr Telefon, und als sie Georgs Stimme hörte, sagte sie: „Du kommst zu spät, mein Lieber, ich habe bereits gegessen." „Oh, Liebchen, das ist nicht dein Ernst!" Georg geriet schier aus der Fassung. „Weißt du, was du dir entgehen lässt? Ich habe hier eine Paté de truite, nach der sich Fünf-Sterne-Köche alle zehn Finger lecken, dazu selbst gebackenes Kräuterbaguette und einen Endiviensalat in einer Vinaigrette, die ihresgleichen sucht! Du meinst nicht wirklich, was du da sagst?" „Du hast die Forelle aber nicht mit Senf gewürzt, oder?", fragte Ellen zurück, der bereits das Wasser im Mund zusammenlief, denn allein Georgs Kräuterbaguette war eine Sünde wert. Als Antwort erhielt sie lediglich ein verächtliches Schnaufen, und dann fragte Georg, und es klang fast ein wenig hochnäsig: „Gib's nur zu, du lebst den ganzen Tag von einem Käsebrot ...."

Das Ende vom Lied war, dass sie sich auf Georgs Balkon auf einer Liege ausstreckte, verstohlen die Jeans öffnete, um die flache Hand auf ihren kugelrunden Magen legen zu können, schläfrig nach ihrem Glas Riesling griff und Georg zum hundertfünfundzwanzigsten Mal bestätigte, dass sie noch nie - nie - niemals etwas Köstlicheres gegessen habe und er der Größte war, wirklich der Allergrößte. Und sie meinte, was sie sagte, obwohl sie wusste, dass sie damit die nächste Konfektionsgröße ansteuerte.

Nachdem Georg auch noch seinen alten Plattenspieler hervorgekramt und die uralten Schellack-Platten seiner Eltern aufgelegt hatte, war sie am Ende ihrer Kraft: Sie hatten nicht nur mitgesungen - „Ach, sag doch nicht immer wieder, immer wieder ‚Dicker' zu mir ...." - und sich dabei gekrümmt vor Lachen, sondern auch ohne Rücksicht auf ihren Zeh im Kerzenlicht getanzt, hatten zuviel Wein getrunken und noch mehr Brot und Käse gegessen, waren verschwitzt und müde und aus der Form geraten, aber glücklich.

„Weißt du was?", seufzte Georg, als er sich lachend und erschöpft auf die Liege neben ihr fallen ließ. „Das wäre so ein Abend, an dem wir früher noch schwimmen gegangen wären, stimmt's?" „Stimmt!", pflichtete Ellen ihm bei. „Aber nackt!" „Na logo!", bekräftigte Georg. Ihre Blicke wanderten hinauf zu den Sternen, die schimmerten und flimmerten, als würden sie dort oben ihren Tanz von hier unten fortsetzen, und Ellen fragte: „Darf man eigentlich mit so einem Zeh in der Ostsee baden?" „Na, hör mal! Salzwasser desinfiziert doch, das fördert die Heilung erst so richtig." „Bist du sicher?" „Ja, klar!!! Das weiß doch jedes Kind", belehrte sie Georg, und sie spürte, dass sie ein ganz kleines bisschen betrunken war. „Also, heute bin ich zu müde", sagte sie, und streckte gähnend alle Viere von sich. „Aber morgen .. nee, morgen nicht, da hab ich was vor... aber übermorgen, mein lieber Georg, da könnte ich mir vorstellen, dass ich mit dir in die Ostsee springen möchte!" „Nackt?", fragte Georg und setzte sich auf. Sie biss sich auf die Lippe und beruhigte ihn schnell: „Nein, Lieber, im Badeanzug. Bedenke bitte: Ich bin 53 Jahre alt und vollschlank." Und Georg sank selig seufzend in die Polster zurück.

VI. (Montag)

Am nächsten Morgen verschlief sie. Doch sie hatte Glück: Die Wäscheleinen im Hof waren auch um 8.30 Uhr noch nicht besetzt, und so zog sie rasch Shorts und ein T-Shirt über und wanderte mit ihrem Korb voll Wäsche, die sie nachts bereits gewaschen hatte, an der Sandkiste vorbei zum Wäscheplatz. Während sie die Leinen nachspannte und mit einem gezielten Tritt versuchte, den ewig schief stehenden linken Pfahl aufzurichten, ging ihr durch den Kopf, dass es einem Mann sicher nie einfallen würde, einen sommersonnesatten Tag am Strand zugunsten der großen Wäsche sausen zu lassen. ‚Aber so sind wir nun mal, wir Prinzipienreiter', entschuldigte sie sich vor sich selbst und schämte sich fast für die Befriedigung, die ihr der Duft von frisch gewaschenen Gardinen und im Wind getrockneter Bettwäsche verschaffte.

„Was machst du da?" Die durchdringende Stimme kam vom Balkon im Erdgeschoss. „Wonach sieht's denn aus?", fragte Ellen zurück, und als sie keine Antwort erhielt, fügte sie bissig hinzu: „Ich lackier mir grad die Nägel, weißt du..." „Mein Papa sagt, lügen is verboten", sagte die Stimme wieder, und Ellen wandte den Kopf. „Da hat dein Papa wohl Recht", antwortete sie, und ihr Ton wurde kein bisschen freundlicher, als sie hinter der Balkonbrüstung die blonden Locken der jüngeren Lauterbergtochter erkannte. Sie hatte ihr die Kollision mit ihrer Ferse noch nicht verziehen.

Sich mit beiden Händen an der Reling des Balkons festhaltend, hüpfte die Kleine unermüdlich auf und ab, so dass sie beim „Auf" jeweils einen schnellen Blick zu Ellen hinüberwerfen konnte und beim „Ab" lediglich ihr Haarschopf zu sehen war. „Du hast ja komische Haare", ließ sie sich jetzt vernehmen. „Meine Mami hat viel schönere als du!" Fast hätte Ellen sie daran erinnert, dass lügen doch wohl verboten sei, doch sie verkniff sich jeden Kommentar und hängte weiter ihre Wäsche auf. „Wie heißt du?" Inzwischen hatte das Kind sich einen Gartenstuhl ans Geländer gezerrt und hüpfte nun darauf herum, wobei bei jedem „Auf" ihre Füße über dem Abgrund schwebten, während sie beim „Ab" drohte, mit dem Kinn auf die Reling zu schlagen. Irgendwie verspürte Ellen nicht die geringste Neigung, sich morgens vor neun Uhr und ohne einen einzigen Schluck Kaffee im Magen mit diesem Kind zu unterhalten. „Wie heißt du?", fragte das hüpfende Kind wieder, und noch einmal, als Ellen ungerührt weiter Wäsche aufhängte: „Wie heißt du?" Ellen drehte sich zur ihr um, ließ die Arme sinken und sagte barsch: „Ich heiße Ellen - und wie heißt du?" „Wie langweilig", nölte die Kleine. „Ich hab viel schönere Namen als du. Ich heiß Vanessa Saskia Cynthia." Ellen holte tief Luft. „Auch schön", sagte sie und wandte sich wieder ihrer Wäsche zu.

Die nächste Frage von Vanessa Saskia Cynthia blieb unbeantwortet: „Wie alt bist du?" Es störte sie nicht, dass Ellen sie nicht mehr beachtete, sie hüpfte auf ihrem Gartenstuhl und plapperte munter über die Brüstung in den Hof hinaus: „Ich bin vier Jahre alt. Aber bald werd ich fünf. Und dann kauft mein Papa mir einen Hund." ‚Um Gottes Willen, nur das nicht', dachte Ellen und merkte, wie sie sich versteifte. „Und das ist mein Hund, nicht Sarahs, neehee, nur meiner, und mit dem darf ich machen, was ich will. Und mein Papa kauft mir auch bald ein Pferd, auf dem darf ich reiten, und das schläft hier auf meim Balkon. Und mein Papa hat gaanz viel Geld, viiieeel mehr Geld als dein Papa, und mein Papa kauft mir alles, was ich will, ätsche..." Und plötzlich war da ein wüstes Getöse, ein blechernes Scheppern und - nur um Sekundenbruchteile versetzt - ein markerschütternder Schrei. Das Kind war von der Bildfläche verschwunden. Dann flog eine Tür auf, eine Männerstimme erhob sich über Vanessa Saskia Cynthias Geschrei und Ellen beobachtete, wie Papa Lauterberg seine kreischende Tochter in die Wohnung schob und die Balkontür hinter sich zuschlug. Morgendliche Stille hüllte sie ein.

Nach dem wohlverdienten Kaffee machte sie sich daran, die Fenster zur Straße hin zu putzen, solange die Sonne sie noch nicht beschien. Die Hofseite lag sowieso immer im Schatten, da kam es nicht drauf an. Bereits nach dem zweiten Fenster war sie in Schweiß gebadet - dieser Tag versprach wieder Rekordtemperaturen. Als auch das Badezimmerfenster wieder glänzte und sie somit wieder einen Punkt von ihrer To-do-Liste abstreichen konnte, steckte sie ihren bandagierten Fuß in eine Plastiktüte und kletterte unter die Dusche, wobei sie darauf achtete, nur lauwarm zu duschen, um nicht hinterher noch mehr zu schwitzen als vorher. Sie fönte sich die Haare, zog die Augenbrauen nach und tuschte die Wimpern, dann warf sie ein kurzärmeliges Leinenkleid über und machte sich auf den Weg in die Arztpraxis, um sich die nächste Antibiotikumspritze geben zu lassen. Als sie an der Apotheke vorbeiging, entdeckte sie dort drinnen Herrn Lauterberg, der gerade, Vanessa Saskia Cynthia im Schlepptau, eine Packung Pflaster in die Gesäßtasche seiner Bermudashorts stopfte. Schnell sah Ellen wieder weg, denn die Hose hing dem Mann eh schon unter dem Bauch, und es stand zu befürchten, dass sie durch diese Aktivitäten noch tiefer rutschte. Doch als die beiden

Hand in Hand die Apotheke verließen, beobachtete Ellen, wie der Vater der Tochter vorsichtig und konzentriert ein buntes Kinderpflaster unter das angeschlagene Kinn klebte, um ihr dann eine kleine Tüte Gummibärchen zu öffnen.

Nach dem Mittagessen, das für Ellen lediglich aus einer Schale Cornflakes mit Milch und einer doppelten Portion Himbeereis bestanden hatte, erreichten die Temperaturen ihren Höhepunkt, und das Leben um sie herum schien zum Erliegen zu kommen. Sämtliche Fenster der Nachbarhäuser waren geschlossen und verdunkelt, im Innenhof regte sich nichts, und über dem Asphalt der Straße flimmerte die Hitze wie über Wüstensand. Dankbar schaltete Ellen ihre neue Klimaanlage ein, schnappte sich ihr Buch und machte es sich mit einem Espresso auf dem Bett gemütlich.

Sie musste wohl eingedöst sein, denn die Laute, die durch das geschlossene Fenster in ihr Schlafzimmer drangen, mischten sich in ihre Träume und ließen sie sich unruhig hin- und herwälzen. Erst als ihr das Buch aus der Hand rutschte und polternd auf den Boden fiel, wurde sie ganz wach. Was sie hörte, war lautes Kinderweinen. Dazwischen heftige Schimpfkanonaden und gebellte Kommandos, doch irgendetwas daran hörte sich merkwürdig an. Ellen stand auf und trat ans Fenster: Im schattigen Hof, direkt unter dem Balkon der Lauterbergs, hatten die Kinder eine Decke ausgebreitet und spielten mit ihren Puppen, von denen eine offensichtlich gerade etwas Schreckliches angestellt hatte und rigoros gezüchtigt werden musste. Während Sarahs Freundin Sina die Puppe an den Armen festhielt, verpasste Sarah ihr mit einem überdimensionierten Stock eine kräftige Tracht Prügel auf den nackten Hintern, wobei sie mit verstellter Stimme schimpfte wie ein Rohrspatz: „.... muss ich eben wieder böse werden, du verdammte Göre! Wer nicht hören will, muss fühlen!", und der Stock klatschte auf den Puppenpo. Und während der ganzen Zeit heulte Sina stellvertretend für die Puppe laut und anhaltend und steigerte ihr Gebrüll jedes Mal, wenn der Stock auf die arme Puppe niedersauste.

Irgendetwas an dieser Szene ging Ellen durch Mark und Bein. Es erinnerte sie an die Spiele mit ihrer Sandkastenfreundin Hanne, die immer öfter auch in solchen Strafexerzitien geendet hatten und schließlich ihre Freundschaft einschlafen ließen, weil Ellen sich vor der Brutalität der Freundin gefürchtet und peu à peu zurückgezogen hatte. Erst Jahre später hatte sie erkannt, dass Hanne die selbst erfahrenen Misshandlungen durch ihren Vater nachgespielt hatte. War es das, was sie hier gerade gesehen hatte?

Sie beruhigte sich damit, dass Kinder viele Entwicklungsphasen durchleben, eben auch solche der Gewalt, was ja noch nicht heißen musste, dass sie ihr selbst ausgesetzt gewesen waren. Heutzutage verbrachten bereits Zweijährige Stunden vor dem Fernseher und wuchsen auf mit Bildern und Geschichten, die einen Erwachsenen gruseln konnten, jedenfalls solche, wie sie, Ellen, eine war. Sie zog die Vorhänge zu und ging in die Küche, um sich ein Glas Wasser zu holen.

Irgendwann am Spätnachmittag klingelte Georg an ihrer Tür. Neiderfüllt registrierte er die erfrischende Kühle in Ellens Wohnung und gab zu, dass sich ihre Investition in eine Klimaanlage, gegen die er noch unlängst unter umweltpolitischen und finanziellen Gesichtspunkten geschimpft und gewettert hatte, offensichtlich schon bezahlt machte. Sie verabredeten sich für ihren Strandtag früh am nächsten Morgen. „Lass uns lieber zeitig starten", schlug Georg vor. „Wenn wir um acht da sind, hören wir vielleicht jedenfalls noch ein bisschen Meeresrauschen und nicht bloß Kindergeschrei, und vielleicht können wir sogar noch einen kleinen Strandspaziergang machen, ohne ständig über Beine und Burgen zu stolpern. Ab 11.00 Uhr spätestens kannst du's da sowieso nicht mehr aushalten..." Sie kamen überein, dass sie nur Getränke, aber nichts zu essen mitnehmen wollten, und die Idee, auf dem Nachhauseweg irgendwo zu einem gemütlichen zweiten Frühstück einzukehren, gefiel ihnen beiden ausnehmend gut.

Als sie sich kurze Zeit später in der offenen Wohnungstür verabschiedeten, drangen von unten die eintönigen Rhythmen hämmernder Bässe durchs Treppenhaus. Georg legte das Gesicht in Falten, warf Ellen einen fragenden Blick zu und sprang die Treppen hinunter ins Freie.

VII. (Dienstag)

Dienstagmorgen, kurz vor sieben Uhr. Ellen hatte vergessen, wie friedlich die Stadt sein konnte. Jetzt, in den großen Ferien, herrschte zu dieser frühen Stunde kaum Verkehr, die Nachbarschaft lag noch in tiefem Schlummer, doch die Amseln turnten durchs Gebüsch im Hof und versuchten, die wenigen Tautropfen zu erhaschen, die sich nachts hier und da gebildet hatten. Von irgendwoher klang leise Radiomusik und in weiter Ferne das Martinshorn eines Krankenwagens. Im Haus war es still.

Während der Kaffee durchlief, packte sie ihre Strandtasche. Schnell hatte sie zwei Badeanzüge, ein kleines und ein großes Handtuch, Sonnenmilch, Sonnenbrille und zwei leichte Shirts zusammengetragen, warf noch ihr Buch auf den kleinen Haufen und eine Schirmmütze, dann steckte sie die Haare auf und schlüpfte in ein weites

Baumwollkleid, das sich bei jedem Schritt bauschte und ihr zu angenehmer Kühlung verhalf. Fertig. Sie stellte den Kaffeebecher in die Spüle, griff nach dem Verbandsmaterial für ihren Fuß und ihrem Handy, das sie über Nacht aufgeladen hatte, und humpelte hinaus. Es war sieben Uhr zehn.

Wenn sie zu Georg ging, nahm sie für gewöhnlich die Abkürzung über den Hof, das heißt sie musste durch den Keller ihres Hauses hinaus und durch jenen von Georgs Haus wieder hinein, so sparte sie gut fünf Minuten Fußweg. Denn so lange dauerte es, beide Blocks zu umrunden, was angesichts ihres immer noch bandagierten Fußes nicht unerheblich war. Gerade hatte sie die Kellertür mit Rücksicht auf die Nachbarn leise hinter sich geschlossen, ihre Badetasche geschultert und sich unter der übernächtigten Wäsche an der Leine hindurch auf den Weg gemacht, als sie wie angewurzelt stehen blieb. Da. Da war es wieder. Sehr leise zunächst, dann immer lauter werdend. Sie hob den Kopf und humpelte möglichst geräuschlos ein paar Schritte zurück. Da. Kurze, abgehackte Laute, irgendwie monoton. Angestrengt versuchte sie auszumachen, woher das Geräusch kam. Fast ohne es zu merken, näherte sie sich wieder der Kellertür ihres Hauses, blieb dann stehen und konzentrierte sich. Was war das? War das menschlich? Hastig grub sie nach ihrem Handy und wählte Georgs Nummer. „Ich bin's, kannst du mal bitte ganz schnell in den Hof kommen?" „Was? Ich versteh dich nicht. Sprich bitte lauter, Ellen!" „Geht nicht", flüsterte Ellen wieder, „aber beeil dich bitte! Komm ganz schnell in den Hof!" Die letzten Worte hatte sie fast gezischt, denn jetzt stand sie unter dem Balkon der Lauterbergs und war sich plötzlich sicher, ganz sicher, dass das Geräusch aus deren Wohnung kam. Und jetzt klang es wieder wie beim letzten Mal: Wie ein automatisiertes Jammern, ein trockenes Wimmern.

Sie hörte Georgs Schritte hinter sich und legte warnend den Zeigefinger an die Lippen. „Was ist los?", fragte Georg leise. „Pschsch.... Hör mal! Was ist das?" Sie hatte den Finger erhoben und den Kopf schräg gelegt. „Ich hör nichts", sagte Georg und stopfte die Hände in die Hosentaschen. „Pscht, wart doch mal, sei mal leise", raunte Ellen und blieb regungslos stehen. Sie lauschten lange, doch das Geräusch war verstummt. Stattdessen wurde über ihnen die Balkontür aufgerissen. Nur mit einer Boxershorts bekleidet trat Herr Lauterberg heraus, kratzte sich den nackten Bauch mit beiden Händen und gähnte herzhaft. Als er sich eine Zigarette ansteckte, stutzte er: Gerade verschwanden zwei Paar Beine hinter der bewegungslos an der Leine baumelnden Wäsche.

Auf der Fahrt zum Strand sagte Ellen kaum ein Wort. Gedankenverloren starrte sie aus dem Fenster, ohne etwas zu sehen. Schließlich tätschelte Georg ihre Hand: „Na, komm, Liebchen, wir finden schon noch heraus, was es war. Lass dir davon doch nicht den Tag verderben."

„Das war wirklich da, Georg, das bilde ich mir nicht ein!" Sie hatte ihm ihre Hand entrissen und war heftiger geworden als beabsichtigt, das sah sie an seinem Gesicht. „Entschuldige, ich wollte dich nicht so anfahren. Aber du glaubst offensichtlich, dass ich spinne, oder?" „Nein, wie kommst du darauf? Ich hab nur leider überhaupt nichts gehört, weshalb ich mir auch nicht vorstellen kann, was in aller Welt du da gehört haben willst." „‚Gehört haben willst'!", äffte sie ihn nach. „Siehst du, das mein ich. Von wollen kann da wohl keine Rede sein." Sie schwiegen beide gekränkt, bis sie sich in Probsteierhagen entscheiden mussten, ob sie links nach Heidkate oder geradeaus zum Schönberger Strand wollten. „Mir doch egal", brummte Ellen mürrisch, merkte dann aber selbst, wie kindisch ihr Verhalten war und lachte verlegen. „Ich bin für Heidkate", sagte sie, weil sie wusste, dass Georg wegen des unvermeidlichen Gedrängels dort ungern nach Schönberg fuhr. Er lächelte ein schiefes Lächeln, öffnete das Fenster und stellte das Radio an. Und obwohl sie lieber Klassik-Radio gehört hätte, suchte sie N3 und amüsierte sich köstlich, als Georg lauthals einen Oldie nach dem anderen mitsang.

Trotz der frühen Stunde waren sie keineswegs allein am Strand. Eine Reihe von Joggern trabte im Wassersaum der Steilküste zu, ein paar Nacktbadende juchzten beim Eintauchen in die Fluten, und eine Gruppe von Senioren übte sich unter Anleitung eines Lehrers in Tai Chi. Georg und Ellen breiteten ihre Strandlaken aus, zogen ihre Badesachen an und vergruben Hände und Füße im noch kühlen Sand. „Möchtest du auch einen Kaffee?", fragte Ellen und angelte nach der Thermosflasche. „Ich dachte, wir wollten nichts zu essen mitnehmen", lachte sie, als er ihr im Gegenzug von seinen frisch gebackenen Waffeln anbot. „Ist ja nichts zu essen, ist nur was zu naschen", klärte Georg sie auf, und kauend genossen sie die Sonnenwärme auf der Haut.

„Was meinst du, sollen wir erst einen kleinen Spaziergang machen oder uns gleich in die Fluten stürzen?" Er war dabei, sich gründlich mit Sonnenmilch einzucremen. „Ach, lass uns erst ein Stück am Wasser lang laufen, ja?" Er reichte ihr eine Hand und zog sie hoch. Mit der Sonne im Rücken und den Füßen im Wasser wanderten sie an der Seebrücke vorbei Richtung Westen. Das Schöne am Zusammensein mit Georg war, dass sie genauso gut mit ihm reden wie mit ihm schweigen konnte, ohne dass einer von beiden sich irgendwie gelangweilt fühlte. So herrschte rund um sie herum eine einvernehmliche Stille - wenn man vom fast zärtlichen Plätschern der sich heranschleichenden Wellen absah. Die Ostsee lag ruhig und schimmernd da, der Himmel über ihr begann schon, seine Farbe zu verlieren. Hin und wieder spürte Ellen einen

Windhauch im Nacken: Es fühlte sich an, als puste ihr jemand vorsichtig die aus der Spange gelösten Haarsträhnen weg.

Als sie an einem umgekippt auf dem Strand liegenden Ruderboot vorbeikamen, kletterte Ellen auf den Rumpf, zog die Beine herauf und wandte das Gesicht blinzelnd der Sonne zu. „Hach, das war die beste Idee, die du seit langem hattest", sagte sie und seufzte tief. „Danke für die Blumen!", erwiderte Georg und schwang sich neben sie auf das sonnenwarme Holz. „Ich dachte zwar, es sei deine Idee gewesen, aber ich nehme jedes Lob jederzeit gern entgegen." Hohnlachend kreischte eine Silbermöwe auf und schoss über ihre Köpfe hinweg zur Seebrücke hinüber. Es roch nach Salz und Tang, es war warm, aber frisch, und das leise über die Kiesel heranrollende Wellengekräusel hatte eine unglaublich beruhigende Wirkung auf sie. Schläfrig lehnte sie sich an Georgs Schulter und blinzelte, als er ein wenig zur Seite rückte, um sie mit seinem Arm zu stützen. „Eigentlich schade, dass du schwul bist", sagte sie. „Vielleicht hätte doch noch was aus uns werden können ...." „Och, die einen sagen so, die anderen sagen so", antwortete er und zupfte an ihrer Ponysträhne herum. „Ich glaub, das ist schon gut so. Was meinst du, was wir beide für Sträuße auszufechten hätten, wenn ich nicht schwul wäre." Sie richtete sich auf. „Meinst du wirklich? Wieso?" „Na, überleg doch mal: Wenn ich nicht schwul wäre, wären wir vermutlich schon lange zusammengezogen. Und das hätte bedeutet, dass ich den gesamten Haushalt einschließlich Einkauf und Kochen an der Backe hätte, und du würdest vielleicht grad mal die Wäsche machen und ansonsten lesen und lesen und lesen. Und was meinst du wohl, wie lange das gut ginge?" Sie war zu träge, um in Empörung auszubrechen. So ließ sie es bei einem missbilligenden Brummen bewenden und erwiderte nur: „... aber ich würde dir immer die Haare schneiden und die Wohnung renovieren." „Das tust du ja auch so schon", sagte er, „dafür brauchen wir nicht erst zusammenzuziehen!"

So langsam wurde ihr warm, sehr warm sogar, und sie tauchten ein in die fast 22 Grad warme Ostsee, schwammen weit hinaus, ließen sich treiben und tauchten nach Muscheln, bewarfen sich mit Quallen wie die Kinder und schluckten kichernd und prustend mehr Salzwasser, als ihnen gut tat. Schließlich rannten und hüpften sie am Strand zurück, ließen sich wohlig seufzend auf ihre Handtücher fallen und von der Sonne trocknen.

Kurz vor zehn Uhr begann der Strand sich zu füllen. Binnen kürzester Zeit waren statt Wellenrauschen und Möwengeschrei nur noch das Gebrüll sich streitender Kinder und das hysterische Kreischen im Wasser plantschender Mädchen zu hören, so dass ihnen ein Blick des Einverständnisses genügte, um sich anzuziehen, ihre Sachen zu packen und das Weite zu suchen. „Die Menschen in all ihrer Vielfältigkeit ...", bemerkte Georg kopfschüttelnd, als sie auf dem Weg zur Promenade einen voll aufgedrehten Ghettoblaster passiert hatten, doch ließ er seine Philosophie im Trubel des Strandlebens versickern.

Wie sie es geplant hatten, suchten sie sich auf dem Nachhauseweg ein schönes Plätzchen für das zweite Frühstück. Im Alten Landgasthof in Fiefbergen saßen sie unter dem üppigen, noch nicht von der Miniermotte befallenen Blätterdach uralter Kastanien, bissen heißhungrig in fettig glänzende Croissants und frisch gebackene, noch warme Brötchen und schwelgten in Kaffee und Orangensaft. „Urlaub!" Ellen reckte die Arme über den Kopf, lehnte sich in ihrem Stuhl zurück und strahlte Georg an. „So kann's bleiben... meinetwegen bis Weihnachten! Und mein Zeh hat aufgehört zu pochen, stell dir das vor." „Siehst du, ich sag's ja: Salzwasser hilft heilen." Wie immer stritten sie sich, wer nun eigentlich wen eingeladen hatte, rekapitulierten, dass Ellen beim letzten Mal gezahlt hatte und somit nicht schon wieder an der Reihe sein konnte, und machten sich endgültig auf den Heimweg.

„Wann ist Björn wieder da?", fragte Ellen und brach das zufriedene Schweigen, das sich während der Fahrt zwischen ihnen ausgebreitet hatte. „Am Freitag", antwortete Georg, „ aber nur für eineinhalb Tage. Am Sonntagmorgen geht schon sein nächster Flug nach Tokio. Und so bleibt es auch bis September, aber dann haben wir Urlaub, vier ganze Wochen lang!" Er strahlte über das ganze Gesicht und unterstrich seine Freude mit einem Trommelwirbel auf dem Lenkrad. „Vier Wochen? Ist ja toll", stimmte Ellen zu. „Und? Was habt ihr geplant?" „Sag's nicht weiter, aber wir fahren erstmal nur nach Dänemark. Ganz in Ruhe, nur ausspannen, genießen, die Seele baumeln lassen. Schönes Häuschen an der Nordsee, vielleicht sogar in Skagen, dann sehen wir weiter. Ich könnte mir vorstellen, dass wir vielleicht noch einen Abstecher nach Schweden machen und eventuell sogar nach Norwegen. Hauptsache, wir müssen nicht fliegen!" Er lachte dröhnend und trommelte wieder auf dem Lenkrad herum, und Ellen verdrängte schnell das nagende Gefühl von Neid, das sie gerade zu beschleichen drohte.

Zuhause angekommen, spülte sie kurz ihren Badeanzug aus, hängte die nassen Handtücher zum Trocknen auf den Balkon und beeilte sich dann, alle Fenster zu schließen und die Rollos herunterzulassen, denn die Hitze hatte die Stadt schon längst wieder fest im Griff. Als sie ihre Brille gefunden hatte und sich mit ihrem Buch auf dem Bett im angenehm temperierten Schlafzimmer ausstreckte, wurde ihr bewusst, dass ihr Urlaub mit dem heutigen Tage bereits wieder zur Hälfte herum war. Unwillig runzelte sie die Stirn, doch dann sagte sie laut: „Na und? Aber die Hälfte liegt noch vor mir.", und wild entschlossen, jeden einzelnen der Tage dieser zweiten Hälfte zu genießen, schlug sie das Buch auf und begann zu lesen.

VIII. (Mittwoch)

In dieser Nacht tobte das heftigste Gewitter, das sie jemals erlebt hatte. Der Sturm griff in Böen an und brachte die Fenster zum Erzittern, die Blitze jagten einander über den Himmel, dass es minutenlang heller Tag zu sein schien. Der Donner schwoll an und ab und fing sich im Hof, aus dem er nicht entkommen konnte, und der Regen stand in einer grün schillernden Wassersäule vor den Scheiben. Der knochenharte, völlig ausgetrocknete Rasen konnte die Wassermassen nicht aufnehmen, schon schossen die Fluten die Kellertreppen hinab. Endzeitstimmung - so ungefähr musste es sich anfühlen, wenn die Welt unterging.

Ellen war kein ängstlicher Typ, und Gewitter hatten sie bisher eigentlich eher fasziniert als erschreckt, aber in dieser Nacht stand auch sie vollständig angezogen am Fenster, hielt sich an ihrem Wasserglas fest und überlegte, was sie als erstes ergreifen müsse, wenn es ernst würde. Im grellen Licht der Blitze flackerten überall an den Fenstern der Nachbarn Gesichter und Gestalten auf, manche allein wie sie selbst, manche zu zweit oder zu dritt aneinander gedrängt. An Schlaf war nicht zu denken.

Eineinhalb Stunden lang wütete das Chaos, dann zog es weiter Richtung Osten. Von überall waren Sirenen zu hören, das Martinshorn der Feuerwehren schien nicht verklingen zu wollen. Im Hof hockte die Finsternis. Aus der Wohnung der Lauterbergs drang lautes Weinen herauf, offensichtlich waren beide Mädchen schier außer sich vor Angst. Als Ellen den Lichtschalter gefunden hatte, musste sie feststellen, dass der Strom ausgefallen war. Mit weit vorgestreckten Armen und darauf bedacht, ihren Zeh nicht wieder mit dem Tischbein kollidieren zu lassen, ertastete sie sich ihren Weg zum Küchenschrank, in dem sie, wie sie sich erinnerte, ein paar Kerzen aufbewahrte, doch musste sie sich bis ins Wohnzimmer schleichen, um auch noch Streichhölzer zu finden. Die Flamme mit der hohlen Hand schützend, kehrte sie in die Küche zurück. ‚Erstmal einen Tee', dachte sie und füllte den Wasserkocher, nur um sich frustriert daran zu erinnern, dass ja auch er wohl mit Strom betrieben wurde. Also kein Tee, sondern Orangensaft aus dem zwar dunklen, aber immer noch kalten Kühlschrank.

Als sie kurze Zeit später im Bett lag, zeigte ihr Wecker 02.37 h an. Erst jetzt, da sie fehlte, fiel ihr auf, wie sie sich an den Schein der schwachen Notbeleuchtung im Hof gewöhnt hatte. Jetzt hüllte tiefste Schwärze sie ein, noch verstärkt durch das einsame, rotglühende Leuchten des - batteriebetriebenen - Weckers. Während sie sich unter dem Laken ausstreckte und die Kühle auf der Haut genoss, begleitete ein monotones Brummen sie in den Schlaf.

Spät am nächsten Morgen weckten sie Stimmen aus dem Hof, die das immer noch hörbare Brummen übertönten und sich kurze, abgehackte Botschaften zuzurufen schienen. Ein Blick aus dem Fenster verschaffte ihr Klarheit: Der Hausmeister mühte sich in Zusammenarbeit mit dem dicken Herrn Lauterberg, den gewaltigen Schlauch, der sich die Kellertreppe hinaufschlängelte, zu bändigen und zu dirigieren, damit er mit den braunen Schlammmassen, die er ausspuckte, nicht die Hausfront besudelte. Erst nachdem sie diesem Schauspiel eine ganze Weile zugesehen hatte, wurde ihr klar, was es bedeutete: Der Keller stand unter Wasser. Und zwar nicht einfach nur unter Wasser - er war geflutet mit schwerem Schlamm vom allerschönsten Schokobraun, und ganz langsam begann ihr jetzt zu dämmern, was der in ihrem eigenen Kellerraum angerichtet haben mochte.

Ihr nächster Gedanke galt der Kaffeemaschine. Hatten sie wieder Strom? Ja, die Kontrolllampe leuchtete auf, als sie den Knopf drückte, und aufatmend füllte sie den Behälter mit frischem Wasser und kochte sich einen doppelten Kaffee. Als sie mit dem Becher in der Hand auf den Balkon trat und tief den belebenden Duft inhalierte, spürte sie sofort, dass die Temperaturen um mindestens zehn Grad gefallen waren. Auch wenn dort, wo die Sonnenstrahlen ein winziges Stückchen Rasen beschienen, Dämpfe wie aus einer Waschküche aufstiegen und ihr sagten, dass die Luft mit verdunstender Feuchtigkeit gesättigt war, reichte die Aussicht auf ein bisschen Abkühlung schon, um dem Gedanken an ihren verwüsteten Keller seinen Schrecken ein wenig zu nehmen. Zwar hatte sie sich ihren Urlaub irgendwie anders vorgestellt, aber andererseits: Wann, wenn nicht im Urlaub hätte sie Zeit und Muße gehabt, dort unten für Ordnung zu sorgen? ‚Man muss an allem auch das Gute sehen', dachte sie und machte sich daran, den Verband von ihrem schon fast geheilten Zeh zu schälen, um unter die Dusche zu gehen.

Sie fühlte sich erfrischt und trotz der kurzen Nacht erstaunlich ausgeruht, als sie eine halbe Stunde später auf die Suche nach ihren Gummistiefeln ging. Wann hatte sie die zuletzt gebraucht? Richtig, bei ihrer Wattwanderung nach Neuwerk zusammen mit Gerti im April. Sie musste sich allerdings tief in die Abstellkammer hinein graben, um die ursprünglich einmal blauweißen, jetzt aber immer noch schlickverkrusteten Stiefel vom untersten Bord zerren zu können. Da es wenig Sinn hatte, sie zu säubern, bevor sie mit ihnen in die Tiefen der schlammigen Unterwelt vordrang, klemmte sie sie sich unter den Arm, schnappte sich eine Taschenlampe, eine Rolle Müllsäcke und die Schlüssel und lief die Treppe hinunter.

Auf dem Treppenabsatz begegnete ihr die alte Frau Schröder, die sie wie immer freundlich lächelnd begrüßte. Das Treppensteigen fiel ihr schwer, und sie war etwas atemlos, doch freute sie sich jeden Tag aufs Neue, ihren „Sport", wie sie es nannte, noch ausüben zu können. „Haben Ihre Fenster dieser Sintflut standgehalten, Frau Cordes?", fragte Frau Schröder und richtete sich ein wenig schnaufend auf. „Ich konnte gar nicht so viele Handtücher herbeischaffen, wie ich brauchte, um all das Wasser aufzufangen. Es waren die reinsten Wasserfälle, die sich von meinen Fensterbänken ergossen. Meine Güte, das war ja der reinste Weltuntergang!" Sie schüttelte den Kopf. „Ach herrje, das tut mir Leid! Da hatte ich mehr Glück", antwortete Ellen, „meine Wohnung liegt zur anderen Seite hinaus, da drückte der Sturm nicht so auf die Fenster. Aber warum haben Sie mir nicht Bescheid gesagt, Frau Schröder, ich hätte Ihnen doch helfen können! Ist denn jetzt noch etwas zu richten bei Ihnen?" Lächelnd wehrte die alte Dame ab: „Herr Krüger stand heute morgen um halbsieben schon vor meiner Tür. Er war sehr besorgt und hat mir jedenfalls den schweren Korb mit den nassen Handtüchern zur Waschmaschine getragen, das war schon eine Erleichterung. Und mehr war ja auch nicht passiert, Gott sei Dank!" „Ja, mit unserem Hausmeister haben wir wirklich Glück", bestätigte Ellen und setzte, einen Abschiedsgruß winkend, ihren Weg fort.

Im Keller wäre sie fast über das Notstromaggregat gestolpert, mit dem Herr Krüger offensichtlich in der Nacht bereits begonnen hatte, das Wasser abzupumpen. Doch immer noch versanken ihre Gummistiefel fast bis zu den Knöcheln im Schlamm, als sie den Fuß der Treppe erreicht hatte. Bei jedem Schritt quatschte und schmatzte es um sie herum und der Matsch machte ihr das Fortkommen schwer. Als sie um die Biegung schlurfte, entdeckte sie am anderen Ende des Ganges den Hausmeister, wie er, ausgerüstet mit hüfthohen Anglerstiefeln und einer Stirnlampe, den Schlammmassen mit einem Schneeschieber zu Leibe rückte. „Moin, Herr Krüger!", brüllte sie und winkte ihm zu. Grinsend stützte er sich auf sein Arbeitsgerät und erwiderte ihren Gruß. „Na, auch `ne Form von Frühsport, was?", witzelte sie, und er antwortete im selben Ton: „Man gönnt sich ja sonst nichts ...." Von oben mischte sich Herr Lauterberg ein: „Nu jib ma nich so an, Ede...", wobei er seine Arbeit nicht unterbrach: Mit einer langen Schaufel war er dabei, den Schlamm von der Treppe zu kratzen. Und schon war Herr Krüger auch wieder ernst geworden und wies auf ihren Kellerraum zur Linken. „Seien Sie vorsichtig, Frau Cordes, hier schwimmt mittlerweile alles Mögliche durch die Gegend. Nehmen Sie auf keinen Fall irgendwelche Pappkartons hoch, ohne sie vorher kontrolliert zu haben. Und treten Sie hier unten lieber nicht zu fest auf, man weiß nie, welche Stolperfallen sich in dem Dreck verstecken." Sie dankte ihm für den Tipp und mühte sich, das schon leicht angerostete Vorhängeschloss an ihrer Kellertür zu öffnen. Es erforderte Kraft, die Tür gegen den Widerstand des Schlamms aufzudrücken.

Nachdem sie das Licht angeknipst und einen Blick riskiert hatte, hätte sie Georg die Füße küssen mögen: Er war es gewesen, der ihr zu Metallregalen im Keller geraten und dafür gesorgt hatte, dass sie den Stauraum unter den Regalen im Hinblick auf Mäuse und Ratten freigelassen und ihr Hab und Gut in Plastikkisten mit und ohne Deckel lieber etwas höher als zu tief gestapelt hatte. So war alles trocken und unversehrt geblieben, nur ein einziger Pappkarton dümpelte ziellos im Schlamm. Sie versuchte, seiner habhaft zu werden, stellte jedoch fest, dass seine Unterseite nur noch vom Wasser zusammengehalten wurde. Vorsichtig zog sie ihn zu sich heran, räumte ihn leer und mühte sich, das kleckernde, tropfende Etwas in einem Stück hinauszubefördern. Dann wandte sie sich seinem Inhalt zu.

Es waren bunte Kistchen und Kästchen, in dicken Kuverts zusammengefasste Briefe, in Plastik gehüllte Einsteckalben, ein angenagtes Lebkuchenherz, ein Herrenschal, dicke Bündel von Kontoauszügen, Land- und Straßenkarten und ein großer Kasten voller Dias, auf dem „Norwegen 1984" stand. Sie hielt den Schal in der Hand, betrachtete die Stockflecken, die er im Laufe der Zeit angesetzt hatte und wurde sich bewusst, dass es sich um all das Zeug handelte, das sie nach Ingos Auszug in der Wohnung zusammengesucht, in diesen Karton geschmissen und in den Keller verbannt hatte. Und da lag es nun - seit sieben Jahren.

Norwegen 1984. Sie hielt den schweren Kasten in der Hand. Ja, sie erinnerte sich: Der Sommer 1984 war kalt und von Anfang bis Ende verregnet gewesen. Für sie war es ein Glück, denn so war es ihr nicht schwer gefallen, ihre Diplomarbeit termingerecht fertigzustellen. Ingo allerdings war völlig blockiert gewesen, er brach sein Praktikum ab und war kurz davor, das ganze Studium zu schmeißen. Da hatte sie den Vorschlag gemacht, alles stehen und liegen zu lassen und Urlaub in Norwegen zu machen. Und im Folgefonna Nationalpark hatten sie Lena gezeugt, ziemlich genau in der Mittsommernacht auf hartem Fels. Und manchmal dachte Ellen, dass sie dadurch vielleicht den Grundstein zu Lenas pragmatischem, unbeugsamem Wesen gelegt hatten.

Ellen stopfte alles, was dieser schwimmende Pappkarton enthalten hatte, in eine der mitgebrachten Mülltüten, warf sie sich über die Schulter und stapfte zurück zu Herrn Krüger, der immer noch damit beschäftigt war, Schlamm und Unrat zum Kellerausgang zu schieben. „Ich hab wirklich Glück gehabt", rief sie ihm zu und zerrte an dem bleischweren, inzwischen völlig aufgelösten Karton. „Außer dem hier hab ich keine Verluste zu beklagen!" „Na, super!", freute sich der Hausmeister mit ihr. „Man muss auch mal Glück haben können, sag ich immer. Sind Sie so nett, den Eumel da oben auf den Haufen zu schmeißen? Dann können wir den heut Nachmittag gleich mit entsorgen..." Vorsichtig kletterte sie die immer noch glitschige Treppe hinauf und sah sich um. Einige Meter vom Kellereingang entfernt mühte sich Herr Lauterberg, mit einer Forke Pappen, Papiere, Kartons, Holzkisten, alte Koffer, durchgeweichte Matratzen, Hundekörbchen und Lumpen jeder Art zu einem Berg aufzuschichten. „Soll das da mit drauf?", fragte sie und sah ihn zweifelnd an. „Jojo, immer ruff damit", antwortete er, ohne sie anzusehen. „Heut nachmittach krijen wir `n Container." Insgeheim wunderte sie sich, wieso ausgerechnet Lauterberg bei den Aufräumungsarbeiten behilflich war, doch dann spürte sie, wie ihr immer noch geschwollener Zeh sich in ihrem Gummistiefel bemerkbar machte und beeilte sich, mit ihrer Last hinauf in die Wohnung zu kommen.

Es war halbzwölf und die Luft so schwer, dass man sie hätte schneiden können. Das Gewitter hatte keine dauerhafte Abkühlung gebracht. Vom Balkon aus sah sie, dass der Rasen über Nacht explodiert zu sein schien: Wo gestern morgen noch gelbes Braun sich breit gemacht hatte, spross heute sattes Grün, und aus dampfenden Pfützen stiegen Dunstwolken auf und schienen jeden Laut zu ersticken. Schnell schloss sie die Balkontür wieder und holte den Orangensaft aus dem Kühlschrank. Während sie sich ein großes Glas vollschenkte, beäugte sie aus dem Augenwinkel die Mülltüte, die sie an der Balkontür abgestellt hatte. Sollte sie das wirklich alles durchsehen? Warum, wofür? Weder sie selbst noch Ingo wollten damit noch etwas zu tun haben, und Lena hatte sich schon damals, beim Auszug ihres Vaters, geweigert, irgendetwas an sich zu nehmen, was sie an ihn erinnerte. Sie öffnete den Mülleimer und ließ die Tüte hineinfallen. Das saugende Schmatzen, das dabei erklang, ließ sie sich schleunigst abwenden. Sich die Hände an der Shorts abstreifend, ging sie ins Wohnzimmer.

Wie und mit wem Ingo jetzt lebte, wusste sie nicht. Er war dreist genug gewesen, sie und Lena zu seiner Hochzeit einzuladen, was Lena, die nur wenige Jahre jünger war als seine zweite Frau, ihm bis zum heutigen Tage nicht verziehen hatte. Von der Geburt seiner Zwillinge hatten sie aus der Zeitung erfahren, und irgendwann war sie im Internet zufällig über seinen Namen gestolpert und hatte erfahren, dass er seit kurzem eine Professur an der TU Berlin innehatte. Die Frau an seinem Arm, auf die er so liebevoll herabgelächelt hatte, war nicht die gewesen, deretwegen er sie verlassen hatte. Und das war der Punkt, an dem sie sich bewusst wurde, dass sie an ihren Nägeln kaute.

Ärgerlich stellte sie das Glas ab, um das sich ihre Finger gekrampft hatten, massierte sich die Hände und ging zurück in die Küche. Hunger hatte sie nicht, aber einen Kaffee brauchte sie, jetzt sofort. Während die Maschine blubbernd ihre Arbeit tat, ging Ellen ins Bad, schrubbte sich die Hände bis zum Ellenbogen hinauf, kämmte sich die Haare und putzte sich die Zähne. Schließlich zog sie eine frische Bluse und eine halblange Hose an, schnappte sich ihr Buch und machte es sich im klimatisierten Schlafzimmer bequem. Immerhin hatte sie noch mehr als eine ganze Woche Urlaub vor sich. Und saus einer spontanen Eingebung heraus beschloss sie, sich nach der

Siesta einen richtig großzügigen Einkaufsbummel zu gönnen.

IX. (Donnerstag)

Als sie am nächsten Vormittag ihre Neuerwerbungen betrachtete, wie sie sie am Vorabend auf Bügeln, über Stuhl- und Sessellehnen drapiert zurückgelassen hatte, meinte sie, so etwas wie Schuldgefühle spüren zu müssen, doch sie schüttelte sie energisch ab. Es war ungefähr zweieinhalb Jahre her, dass sie einem solchen Kaufrausch verfallen war, und selbst die mehr an inneren Werten orientierte Lena hatte bereits vorsichtig durchblicken lassen, dass Ellen in ihrer Position als Prokuristin und im Hinblick auf ihre geschäftlichen Verpflichtungen doch auch ein wenig Augenmerk auf ihr Äußeres richten müsse. Und dieser Aufforderung war sie nun sehr konsequent nachgekommen, indem sie sich mit einem Hosenanzug aus sanft schimmernder, nachtblauer Seide, einem sandfarbenes Leinenkostüm mit weitschwingendem Rock und einer kurzen, raffiniert geschnittenen Jacke verwöhnt hatte. Passend dazu hatte sie Pumps und Sandalen, Tops, Shirts und Blusen erstanden und es genossen, mit knisternden Tüten und Taschen bepackt von Geschäft zu Geschäft zu ziehen. „Wahnsinn!", sagte sie jetzt laut, als sie all ihre Schätze noch einmal befühlt und gemustert hatte. „Ellen Cordes, du bist wahnsinnig ..." Aber es fühlte sich gut an, so wahnsinnig zu sein, und nach einem Blick auf die Uhr griff sie zum Telefon und wählte Lenas Nummer.

Lena hatte ihr Sprach- und Literaturwissenschaftsstudium gerade abgeschlossen und jobbte zurzeit in der Bauhaus-Bibliothek in Weimar, arbeitete aber hauptsächlich an ihrer Diplomarbeit. Das Verhältnis zu ihrer Tochter hätte Ellen mit Fug und Recht als freundschaftlich oder gar innig bezeichnen können, denn dass sie sie von Anfang an ernst genommen und als gleichberechtigt behandelt hatte, dankte Lena ihrer Mutter mit uneingeschränktem Vertrauen und aufrichtiger Zuneigung. Und so hatten beide regelmäßig das Bedürfnis, sich einander mitzuteilen und am Leben der anderen teilzuhaben.

Heute allerdings hatte Ellen Pech: In Lenas WG sprang nur der Anrufbeantworter an und eine Männerstimme scherzte: „Genau, hier seid ihr richtig! Jedenfalls am richtigen Ort, leider aber zur falschen Zeit, denn ..." Ellen legte auf. Sie sammelte die Kleidung ein, überlegte, was davon sie vor dem ersten Tragen unbedingt waschen müsse und trug schließlich alles zur Waschmaschine. Davor, die Leinensachen bügeln zu müssen, graute ihr jetzt schon.

Ein Blick auf ihre Blumenkästen an der Balkonbrüstung zeigte ihr, dass das Gewitter ihnen übel mitgespielt hatte, und sie holte sich einen Eimer und die kleine Rosenschere aus der Küche und machte sich daran, abgeknickte Geranienstengel, zermatschte Petunienblüten, zerfledderte Lobelien, Schneeflöckchen und Elfenblumen auszuschneiden. Bald schon quoll ihr Eimer über, während die Pflanzen in den Kästen wie gerupfte Hühner auf der Stange aussahen. „Ich bringe euch heut Nachmittag Dünger mit", versprach sie ihnen und machte sich im Geiste eine Notiz. „Das wird schon wieder ..."

Auf dem Rückweg vom Gemüseladen, in dem sie sich mit allen Zutaten für einen frischen Salat und eine leckere rote Grütze versorgt hatte, stattete sie also auch der Gärtnerei noch einen kurzen Besuch ab. Sie hatte gewusst, dass das gefährlich werden würde, und so war sie denn auch nicht wirklich überrascht, als sie sich nicht nur mit dem Dünger für ihre Balkonpflanzen, sondern auch noch mit einer leuchtend blauen Winde und einer sensationell gewachsenen Schönmalve beladen auf den Heimweg machte. Jetzt, im Juli, ging die Kübelpflanzensaison zu Ende, was Ellen jedes Jahr nutzte, um die außergewöhnlichsten Schätze zum halben Preis nach Hause zu tragen.

Während sie sich auf ihrem Balkon zu schaffen machte, sowohl die Winde als auch die Schönmalve in größere Töpfe setzte und die Kästen mit Dünger versorgte, drangen von unten Kinderstimmen zu ihr herauf. Auf dem Rasen hatten die Mädchen wieder ihre Decken ausgebreitet, und während Vanessa Saskia Cynthia - wie konnte man seinem Kind so etwas nur antun! - auf einem nagelneuen Cityroller ihre Runden drehte und dabei Furchen in den immer noch nassen Rasen pflügte, beugte Sarah sich auf ihrer Decke über die glucksende und hin- und herrollende Sina. Sina lachte sich halbtot, während Sarah, wie immer mit zwei übereinander gezogenen Hosen, Top und Shirt bekleidet, mit tiefer Stimme kurze Kommandos erteilte. Gerade zupfte Ellen an den Fingerspitzen ihres Gummihandschuhs herum und mühte sich, ihn von den schweißnassen Händen zu ziehen, als sie sah, wie Sarah erst Sinas Arme zur Seite schleuderte, dann deren Beine grätschte. Sina blieb kichernd liegen. Aus einem rotgelben Arztkoffer, der zwischen den Mädchen stand, zerrte Sarah jetzt ein Stethoskop und hängte es sich um den Hals. Sina wagte es, einen Arm zu heben, um sich zu kratzen, doch wieder ergriff Sarah ihn unsanft und schleuderte ihn zur Seite, wobei sie irgendetwas schnauzte. Dann hatte sie plötzlich einen Reflexhammer in der Hand, ergriff ihn aber am Kopf und rammte Sina den Stiel zwischen die Beine. Die bog sich vor Lachen, schützte sich mit den Händen und rollte zur Seite. Doch sie hatte die Rechnung ohne „den Arzt" gemacht: Mit wenigen energischen Handgriffen hatte Sarah die „Patientin" wieder positioniert wie zuvor, doch diesmal griff sie nach einer überdimensionierten Spritze in leuchtendem Rot und Gelb. Sie beugte sich zu Sina hinunter und flüsterte ihr etwas ins Ohr, woraufhin sich beide krümmten vor Lachen und sich prustend die Hände vor den Mund hielten. Und Ellen traute ihren Augen nicht, als Sarah jetzt, begleitet von kurzen, harten Lauten, begann, Sina die Shorts herunterzuzerren und mit der Spritze zwischen ihren gespreizten Beine herumzustochern.

Ellens „Nein!" ertönte zeitgleich mit Sinas Aufschrei. In einer einzigen Bewegung hatte das Mädchen sich zur Seite geworfen und aufgerichtet, und jetzt kniete sie auf der Decke, zog und zerrte an ihrer Shorts und funkelte die Freundin böse an. „Das ist nicht witzig!", heulte sie. „Das tut weh, Mensch!" Auch Sarah hatte sich hingekniet, sagte jedoch nichts. Ihr Gesicht konnte Ellen nicht sehen, denn sie hatte ihr den Rücken zugekehrt, doch drückte ihre Haltung nicht unbedingt Schuldbewusstsein aus. „Spielverderber!", wehrte sie sich jetzt. „Blöder alter Spielverderber! Zimperliese, Heulsuse ... Mit dir kann man überhaupt nicht spielen, Mensch!" Es entwickelte sich ein heftiger Streit, dem Vanessa Saskia Cynthia aus sicherer Entfernung mit offenem Mund lauschte.

Ellen war übel. Sie hatte Herzklopfen und einen Kloß im Hals. War das wirklich noch ein Spiel gewesen, was sie da gerade beobachtet hatte? Natürlich, alle Kinder durchleben diese Phase, und eine Zeitlang gibt es kein schöneres Spielzeug als diese blöden Arztkoffer. Und ja, nicht alle Kinder spielen „Doktor" nur mit ihren Puppen und Kuscheltieren, all die Instrumente aus dem Koffer werden halt auch mal an Geschwistern und Freunden ausprobiert. Das war normal, absolut normal. Aber die Art von Spiel, wie es gerade zwischen Sarah und Sina stattgefunden hatte, voller sexistischer Gewalt und Brutalität - das war nicht das Spiel von Siebenjährigen, oder? Woher hatte Sarah das? Sahen sie so etwas im Fernsehen?

Angeekelt schloss Ellen die Balkontür, ging in die Küche und mischte sich einen Campari-Soda. Danach ging es ihr besser. Sie beschloss, ganz schnell zu vergessen, was sie gesehen hatte, schaltete das Radio ein und begann, ihren Salat zuzubereiten.

X. (Freitag)

Immer wieder war sie in der Nacht aufgeschreckt aus wirren Träumen, in denen auch die Mädchen vorkamen, doch außer, dass sie mit dem unguten Gefühl, etwas Unangenehmes erlebt zu haben, aufwachte, konnte sie sich an nichts Konkretes erinnern. Nur dieses bleierne Gefühl blieb, lähmend und belastend.

Also beschloss sie, dagegen an zu arbeiten. Noch immer hatte sie die Fenster zum Hof nicht geputzt, und nachdem sie sich vergewissert hatte, dass der Hof noch still und leer und mit kreischenden Kindern nicht zu rechnen war, machte sie sich an die Arbeit.

Sie hatte die Gardinen wieder aufgehängt, hatte noch diesen oder jenen Putzstreifen beseitigt und nachpoliert und kletterte gerade zufrieden schnaufend von der Leiter, als es an ihrer Wohnungstür Sturm klingelte. Von einem Ohr zum anderen grinsend, stand Georg vor ihr, lässig an den Türrahmen gelehnt: „Ich hab's gehört, Liebchen!", strahlte er und bog sich vor Lachen. „Grad im Moment, als ich über den Hof kam. Ich hab's gehöhört ..." Immer noch lachend, schob er sich an ihr vorbei in die Wohnung, wobei er anerkennend den Duft einsog - „Hmmmm, frisch gewaschene Gardinen!" Dann packte er sie bei den Schultern und drehte sie tänzelnd in Richtung auf das Küchenfenster. „Komm schnell, mach's Fenster auf!", forderte er und griff schon selbst zu. Er streckte den Kopf hinaus und lauschte. „Och nee, schade... schon vorbei." Dann ließ er sich auf einen der Küchenstühle fallen, schlug sich auf die Schenkel und sah sie kopfschüttelnd an. Sein Grinsen war mehr als zweideutig, geradezu provokant.

Ellen verschränkte die Arme vor der Brust. „Wovon, bitteschön, sprichst du eigentlich?", fragte sie gereizt. „Na, wovon wohl?", fragte Georg und genoss ihre Ratlosigkeit. „Von den undefinierbaren Geräuschen, die du immer zu hören glaubst!" „Ich glaube nicht nur ...", fing sie gerade an, als seine Hände ihr mit beschwichtigenden Gesten signalisierten, dass sie sich, bitte, nicht aufregen möge. „Okay, okay: die Geräusche, die dich von Zeit zu Zeit immer mal wieder beunruhigen."

Sein Grinsen war nun geradezu anzüglich und verfehlte seine Wirkung nicht. Langsam geriet sie in Wut. „Also, was möchtest du mir sagen?", fragte sie, und zwischen ihren Brauen erschien eine Unheil verkündende Falte. „Ich will dir nur sagen", säuselte er, und sein Ton war alles andere als dazu angetan, sie zu besänftigen, „dass das, was du da hin und wieder gehört hast, höchstwahrscheinlich nichts weiter war als der archetypische Ausdruck einer der zutiefst menschlichen, wenn nicht gar ursprünglichsten Regungen der Menschheit überhaupt ..." „Georg!" „... will sagen, etwas durch und durch natürlich Menschliches ... oder vielleicht eher menschlich Natürliches ... also jedenfalls haben da meines Erachtens deine Nachbarn nur gerade mal ´ne flotte Nummer geschoben, wenn du verstehst, was ich meine." Mit weit aufgerissenen Augen starrte sie ihn an. Dann deutete sie mit dem Zeigefinger auf das Fenster und stammelte: „... du meinst, die haben da nichts weiter gemacht als miteinander ..." „Genau!", triumphierte Georg und äffte das Geräusch, das sie schon so oft gehört und geängstigt hatte, täuschend echt nach. „Ein Nickerchen bei offenem Nenster!", vervollständigte er ihren Satz und rieb sich die Hände.

Sie spürte, wie sie rot wurde. Immer noch hielt sie das Fenstertuch in der Hand, das sie jetzt, verlegen wie ein Schulmädchen, zusammenfaltete. „Also, das wär ja natürlich ...", überlegte sie, und wollte gerade ‚eine einleuchtende Erklärung' hinzufügen, als sie wie von der Tarantel gestochen aufsprang. „Nein!" Sie stürzte zum Fenster und beugte sich hinaus, als läge des Rätsels Lösung für jedermann sichtbar im Hof. „Nein!" Georgs Hand lag auf ihrer Schulter und versuchte, sie zu sich herumzudrehen. „Hey, was ist los?", fragte er verständnislos. „Was ist so Schlimmes daran, wenn Eheleute miteinander ... Geht's dir nicht gut? Ellen?" In seinen Augen hätte sie, wäre sie nicht selbst so fassungslos gewesen, echte Sorge erkannt. So schüttelte sie ihn nur unwillig ab, wandte sich wieder dem Fenster zu und beugte sich weit hinaus. „Das kann nicht sein", flüsterte sie. „Das darf nicht sein ..." Wieder fasste Georg sie bei den Schultern, zog sie zurück und blickte ihr ernst in die Augen. „Ellen, Liebchen! Ich bin's, dein Georg!!! Bitte sprich mit mir ... aber so, dass ich dich auch verstehe, wenn's geht ..."

Das Fenstertuch würgend, sank sie auf einen Küchenstuhl. „Das Geräusch stimmt", flüsterte sie und sah ihn flehend an, „aber ... aber ..." Sie rang nach Luft und ließ die Hände hilflos flattern. „Aber Frau Lauterberg ist vor einer knappen Viertelstunde mit dem Fahrrad weggefahren, zusammen mit dem blondgelockten Engelchen." Er starrte verständnislos auf sie nieder. „Verstehst du, Georg?" Verzweiflung klang aus ihrer Stimme, als sie ihn jetzt am Hemd packte und schüttelte. „Verstehst du? Der Fettswanst ist allein in der Wohnung ... mit Sarah!" Sie ließ ihn los und sah zu, wie er taumelnd an der Wand Halt suchte. Wortlos deutete er zum Fenster, öffnete ein paar Mal den Mund, schloss ihn wieder, und rutschte dann aufstöhnend an der Wand herunter. Mit angewinkelten Knien blieb er sitzen und starrte kopfschüttelnd vor sich hin.

Stille. Sie wagten nicht, sich anzusehen. In ihren Köpfen kreisten Bilder, die sich nicht verdrängen ließen, wieder und wieder erschienen sie vor ihrem inneren Auge. Da half es auch nichts, dass Georg sich mit beiden Händen darüber fuhr und immer wieder den Kopf schüttelte, als versuche er, sich selbst Lügen zu strafen.

Zusammengesackt, mit hängenden Schultern und starrem Blick, kauerte Ellen auf dem Stuhl und drehte das Fenstertuch zur Wurst. Georg hatte die Ellenbogen auf die Knie gestützt und raufte sich stöhnend die Haare. Schließlich blickte er auf und fragte kleinlaut: „Und du bist ganz sicher, dass sie nicht doch schon wieder nach Hause gekommen ist?" Sie starrte ihn an. Erkannte ihre eigene Hoffnung in seinem zerknautschten Blick und schüttelte den Kopf. „Nein, wie könnte ich da sicher sein. Ich steh ja nicht den ganzen Tag am Fenster. Aber überleg doch mal, Georg: Selbst wenn sie postwendend umgekehrt und zurückgekommen wäre, müsste er ja praktisch schon auf sie gelauert haben und ohne zu zögern über sie hergefallen sein ... ist das realistisch?" Er versuchte ein Grinsen: „Hm, sowas soll vorkommen ..." Mühsam stand Ellen auf, ging zum Kühlschrank und schenkte zwei Gläser Orangensaft ein. Auch Georg rappelte sich hoch, ergriff das angebotene Glas und trat hinter Ellen ans Fenster. „Was sollen wir tun?", fragte er über ihre Schulter hinweg. „Können wir was tun? MÜSSEN wir überhaupt was tun?" „Ich muss erstmal wieder denken können", antwortete Ellen und nahm einen Schluck Saft. „In meinem Kopf herrscht das reinste Chaos. Da ist soviel, was ich in letzter Zeit beobachtet und ..." Sie brach ab und sah kopfschüttelnd in den Hof. „Aber wenn sich dieser Verdacht bestätigen sollte, Georg, wie und auf welche Art auch immer - dann MÜSSEN wir was tun! Stell dir doch mal vor ... das arme Kind ... was für ein Martyrium!" „Nein, das stell ich mir nicht vor, Ellen, tut mir Leid, das nicht! Aber klar, wenn du meinst, wir können und müssen was tun, dann" - er zögerte - „bin ich dabei. Aber jetzt, sei mir nicht böse, Liebchen, du weißt ja: Björn ist grad angekommen, und er ist nur bis morgen Vormittag da, und er wartet auf mich, okay? Nimm's mir nicht übel, Ellen, ich lass dich nicht hängen, versprochen, aber heut bin ich für Björn da, verstehst du?" Er sah sie so flehend an, dass sie nicht anders konnte: Sie strich ihm zärtlich über die Wange und gab ihm einen Klaps auf die Schulter, dann schickte sie ihn mit einer müden Handbewegung hinaus.

Sie schloss die Tür hinter ihm und lehnte sich kraftlos dagegen. Mit dem leeren Saftglas versuchte sie, sich die pochende Stirn zu kühlen, dann ging sie zurück in die Küche. Durch das immer noch offenstehende Fenster war gerade ein dicker Brummer hereingeschossen, sie schloss es und sank wieder auf ihren Stuhl. Wie das Glas in ihren Händen, so kreisten die Gedanken in ihrem Kopf.

Dass sie dieses Geräusch zum ersten Mal gehört hatte, war jetzt ungefähr vier Monate her. Das kam zeitlich genau mit dem Einzug der Lauterbergs hin, das wurde ihr jetzt bewusst. Und in all den Monaten, vielleicht schon lange vorher, hatte der Vater seine Tochter missbraucht? Nicht auszudenken! Aber hätte die Mutter denn nichts merken müssen? Oder sonst irgendjemand? Woran merkte man einem Kind so etwas an, wenn es nicht von sich aus darüber sprach? Gab es da eindeutige Anzeichen?

Sie sprang auf und war mit wenigen Schritten im Wohnzimmer. Hastig schaltete sie den Computer ein und zog sich den Stuhl heran. Ungeduldig trommelten ihre Finger auf dem Mousepad, während der Bildschirm zuckte und sich mühsam aufbaute. „Komm schon, alter Knabe", flüsterte sie, „mach! Ich hab nicht ewig Zeit ..." Endlich zeigte sich der Cursor, und mit klopfendem Herzen googelte sie: Verdacht auf Kindesmissbrauch - was tun?

In den nächsten Stunden klickte sie sich durch unzählige Webseiten, informierte sich über die Aufgaben des Jugendamtes, verfassungsrechtliche Vorgaben, über das Vorgehen der Polizei im Falle einer Anzeige, Elternrecht und Elternwillen, über Kindeswohl und Kindeswohlgefährdung, über Denunziation und Verleumdung. Sie arbeitete sich durch die verschiedensten Foren, studierte hochemotionale und sachlich informative Beiträge, wurde mit Hetze und Warnungen jeder Art, mit Empörung, Ekel und Verzweiflung konfrontiert, debattierte mit sich selbst und suchte verzweifelt nach so etwas wie einer Stichpunktliste, die sie hätte durchgehen und abhaken können, fand jedoch nur immer wieder Sätze wie „Sichtbare Verletzungen wie z.B. im Urogenitalbereich findet man allerdings nur in ca. 15 % der Fälle" oder „Hüten Sie sich, bei Verdacht auf Missbrauch eines Kindes den vermeintlichen Täter im Alleingang stellen zu wollen". Sie holte sich Papier und Stift und füllte Seite um Seite mit Notizen, und als sie sich schließlich mit dröhnendem Schädel und brennenden Augen aufrichtete und einen Blick auf die Uhr warf, war es nach 15.00 Uhr. Sie hatte mehr als drei Stunden mit ihrer Recherche verbracht und fühlte sich deprimiert und zerschlagen.

Im Kühlschrank fand sie einen Joghurt, den sie am Fenster stehend löffelte, während sie darauf wartete, dass der Kaffee durchlief. Mit dem Becher in der Hand kehrte sie zurück ins Wohnzimmer. Sie rieb sich den schmerzenden Nacken und spürte den Kloß, der sich in ihrem Magen eingenistet hatte. Mit leerem Blick starrte sie auf ihre Notizen. Auf diese Weise Ordnung in ihre Gedanken bringen zu wollen und ihre weiteren Möglich- oder Notwendigkeiten zu strukturieren, war das eine. Aber das genügte nicht. Das andere war, sich mit jemandem zu besprechen und zu beraten, und dieser jemand war - Gerti.

XI. (Freitag, Spätnachmittag)

Getreu dem Motto „Gegensätze ziehen sich an", hatten Ellen und Gerti sich bereits in Kindertagen zusammengefunden. Ellen: klein, zierlich, wieselflink und stets voller Komplexe wegen ihres viel zu feinen, glatten Haares - und Gerti: groß, kräftig, bedächtig in ihren Bewegungen und Äußerungen und mit einem Kopf voller dunkelblonder Kringellocken, die sie gern gegen Ellens roten Flaum eingetauscht hätte. Die beiden waren wie Feuer und Wasser, zu Uni-Zeiten Pat und Patachon genannt, doch unzertrennlich wie - ja, wie Ellen und Gerti eben. In der Schule, auf dem Sportplatz, in der Disco, an der Uni - nirgends trat die eine ohne die andere auf. Als Ellen Ingo kennenlernte und es sich schnell herauskristallisierte, dass dies wohl mehr als einer der üblichen Flirts war, brach für Gerti eine Zeit der Trübsal an. Ihre Freundschaft drohte, an der Liebe zu zerbrechen. Doch dann ging Gerti für ein ganzes Jahr nach Neuseeland, und als sie, mit einem Ehemann im Schlepptau, zurückkam, nahmen sie den Faden wie selbstverständlich dort wieder auf, wo sie ihn hatten ruhen lassen, und seitdem hatte nichts und niemand sie mehr auseinanderbringen können.

Mittlerweile waren sie beide wieder Singles, was die Verbindung zwischen ihnen sichtlich gefestigt hatte. Doch waren beide so unabhängige Charaktere, dass sie nicht ständig zusammenhocken mussten, um einander nahe zu sein. Es konnten drei oder sogar vier Wochen vergehen, ohne dass sie voneinander hörten. Wenn sie dann allerdings miteinander sprachen, war es, als hätten sie ihr Gespräch nur eben unterbrochen, um sich einen Kaffee zu kochen.

„Gerti, ich brauche deinen Rat!", eröffnete Ellen denn auch das Gespräch ohne weitere einleitende Floskeln. „Schieß los, worum geht's?", fragte Gerti, und Ellen hörte, wie sie sich eine Zigarette anzündete. „Du wolltest schon vor Ostern aufgehört haben", murrte Ellen, was Gertigeräuschvoll ausatmend quittierte. „Was würdest du tun, wenn du den Verdacht hättest, dass dein Nachbar seine kleine Tochter missbraucht?"

In der nächsten halben Stunde redete Ellen wie ein Wasserfall, und Gerti lauschte und rauchte. „... und dann kommt Georg heute morgen und erzählt mir freudestrahlend, dass er es jetzt auch gehört hat und dass meine Nachbarn ja ‚bloß ‘ne flotte Nummer schieben', dabei hab ich SIE grad mit der kleinen Tochter wegfahren sehen und ER ist mit der großen allein zuhaus...", schloss Ellen und wünschte sich plötzlich, sich auch eine Zigarette anzünden zu können. Stattdessen griff sie zu ihrem Block und gab Gerti eine kurze Zusammenfassung dessen, was ihre Internetrecherchen erbracht hatten. „All diese Informationen, Gerti, dieses ‚wenn' und ‚aber'! Ich weiß einfach nicht mehr, was ich denken, geschweige denn, was ich tun soll bzw. ob ich überhaupt was tun soll", schloss sie und schwieg erschöpft.

„Okay. Okay." Gerti überlegte laut. „Lass uns nochmal von vorne anfangen. Du erzählst mir alles, was du bisher beobachtet hast und wieso dir das übel aufgestoßen ist, und ich tu mal so, als sei ich neutral und beleuchte die Dinge von der anderen Seite, ja? Also, ich meine, vielleicht können wir auf die Art und Weise feststellen, wo in dieser ganzen Misere das Schwergewicht liegt, verstehst du?" Es ging ihr wie immer gegen den Strich, aber Ellen kannte Gertis Arbeitsweise zur Genüge: Sie schuf sich selbst einen Gegenpart, der grundsätzlich versuchte, ihre eigenen Hypothesen ad absurdum zu führen, und arbeitete so eine hieb- und stichfeste Argumentation aus.

„Los, fang an!", forderte Gerti sie auf, und Ellen begann.

„Diese ... Geräusche oder Lautäußerungen oder wie immer du das auch nennen willst, sind erst aufgetreten, seit die Lauterbergs hier eingezogen sind."

„Okay", antwortete Gerti, „das kann ich nicht widerlegen. Weiter im Text."

„Ganz auffällig ist Sarahs Kleidung", führte Ellen an. „Viele Kleidungsstücke übereinander werden im Internet als typisches Symptom genannt. Missbrauchte Kinder ziehen eine Schicht über die andere, nicht nur, um sich zu schützen, sondern auch, um sich unkenntlich zu machen. Und selbst in der größten Sommerhitze trägt das Kind mindestens immer zwei Schichten übereinander, sowohl oben- als auch untenherum."

„Vielleicht macht ihr das einfach Spaß? Vielleicht ist das Ausdruck eines ganz persönlichen Ticks? Es könnte aber ebenso gut ein Hinweis auf eine Sonnenallergie oder so etwas sein. Woher weißt du, dass die Mutter das Kind nicht durch mehrere Stoffschichten vor der Wirkung von UV-Strahlen zu schützen sucht?" Ellen überlegte. „Hm, nein, weiß ich nicht. Aber wenn das so wäre, müsste sie dann nicht auch eine Kappe tragen oder sich dem Licht ganz und gar entziehen?" „Vielleicht befindet sich die Krankheit ja erst im Anfangsstadium und die Eltern wollen dem Kind ein möglichst normales Leben ermöglichen?", führte Gerti ins Feld, und Ellen wusste nichts zu entgegnen.

„Ebenfalls auffällig sind auch Sarahs ausgeschlagene Vorderzähne", sagte sie nach einem Blick auf ihre Notizen. „Die Mutter behauptete zwar, das sei bei einem Sturz von der Schaukel passiert, aber was, wenn die braunen Stummel das Ergebnis von Schlägen wären?" „Möglich", antwortete Gerti, „durchaus möglich - aber nicht zu beweisen, oder? Der Sturz von der Schaukel ist eine recht plausible Erklärung."

„Dann wäre da als nächstes die Urinprobe in der Arztpraxis", fuhr Ellen fort. „Die war total blutig, das konnte ich sehen. Und Blut im Urin bzw. Blasenentzündung ist auch eines der Indizien für Missbrauch." „Das leuchtet ein", antwortete Gerti, „doch so, wie du mir die Situation geschildert hast, ist gar nicht klar, um wessen Urinprobe es sich handelte. War es wirklich die der Tochter? Oder hätte es nicht ebenso die der Mutter sein können?" Ellen vergegenwärtigte sich die Situation in der Arztpraxis noch einmal und kam zu dem Schluss, dass sie diese Frage nicht wirklich beantworten konnte. „Aber was ist mit dem Schrei, den wir aus der Toilette gehört haben? Es ist doch typisch für eine Blasenentzündung, dass der Schmerz im Augenblick des Wasserlassens am heftigsten ist, und dabei kann ein Kind schon mal einfach losschreien, oder?" „Klar", stimmte Gerti zu. „Aber wer sagt dir, dass das Kind die Urinprobe abliefern sollte? Es hätte doch wirklich so sein können, wie du es die Mutter hast erklären hören: Sie hat die Urinprobe abgeben müssen, die Tochter hat in der Toilette rumgekaspert und sich irgendwo den Finger geklemmt. Oder nicht?" Ellen warf einen Blick auf ihren Notizblock, kennzeichnete den soeben besprochenen Punkt mit einem dicken Fragezeichen und nahm den nächsten Punkt ins Visier.

„Wenn du gesehen hättest, wie das Mädchen auf ihre Puppe einschlug", sagte sie und schüttelte sich. „Das hatte sowas Brutales, sowas Sadistisches. Wenn das nicht auf eigener Erfahrung basierte! Es war einwandfrei sexualisiert, sowohl von Sarahs als auch von Sinas Seite. Es war sowohl sadistisch, als auch masochistisch ... und das bei siebenjährigen Mädchen, Gerti, ich bitte dich!"

An dieser Stelle schwieg Gerti einen Moment lang. „Darauf weiß ich jetzt so spontan nichts zu erwidern, wie du vielleicht bemerkt hast", sagte sie dann zögernd, und Ellen hörte, wie sie nach einer neuen Zigarette angelte. „So gut kenne ich mich mit der Psyche von Siebenjährigen nun auch nicht aus", gab Gerti zu. „Aber ich halte es nicht für unwahrscheinlich, dass jedes Kind irgendwann so eine Phase der Sexualisierung und Gewaltphantasien durchläuft, das eine vielleicht früher, das andere später. Und wahrscheinlich wird diese Phase auch unterschiedlich intensiv - oder, wie in diesem Fall, eher extensiv - ausgelebt. Ich erinnere mich gerade, dass ich es selbst genossen habe, als Thomas und Axel mich damals an den Marterpfahl fesselten und das Lasso so stramm zogen, dass es mir wehtat. Ich hab die Zähne zusammengebissen und sie animiert, es noch strammer zu ziehen, und ich weiß noch, dass ich mich abends im Bett furchtbar geschämt habe, weil ich mir so eine merkwürdige Erregung eingestehen musste ..." Ellen hatte lächelnd zugehört, jetzt schüttelte sie unmerklich den Kopf und tröstete ihre Freundin: „Damals waren wir aber immerhin schon zwölf, Gerti! Wir sprechen hier gerade von Siebenjährigen."

„Gut, kommen wir also zu den Doktorspielen", sagte sie dann in sachlicherem Ton und rief sich die Szene ins Gedächtnis. „Doktorspiele sind bei allen Kindern beliebt, ich weiß, auch wir haben sie gespielt bis zum Abwinken. Aber ist bei uns irgendjemand auf die Idee gekommen, uns Mädchen die Hosen runterzureißen und uns eine

Spritze oder etwas Ähnliches zwischen die Beine zu rammen?" Sie schwieg einen Moment und hörte Gerti an der Zigarette ziehen. „Wenn du gesehen hättest, mit was für einer geradezu unbarmherzigen Entschlossenheit Sarah Sina die Arme zur Seite schleuderte, mit was für einer Brutalität sie ihr die Beine spreizte ... ach, ich weiß nicht, wie ich es anders bezeichnen soll: Es war bösartige Verachtung, die Sarah da zur Schau stellte, als sie Sina dieses Teil zwischen die Beine stach ... es war scheußlich, Gerti, ehrlich."

Gerti schwieg. Dann fragte sie: „Könnte es nicht sein, dass du an der Stelle schon so gepolt warst, dass du selbst ein harmloses Doktorspiel geradezu dämonisiert hast?" Ellen schluckte. „Du vergisst Sinas Schmerzensschrei", antwortete sie kühl. „Sina hat Sarah beschuldigt, ihr weh getan zu haben. Ist das wirklich noch Spiel?" „Auch sowas kommt vor unter Kindern", antwortete Gerti, doch sie klang nicht mehr ganz so überzeugend.

Ellen versuchte, sich zu konzentrieren. „Bleibt als Letztes die Tatsache, dass Georg diese ‚archetypischen Laute', wie er es nannte, gehört hat in dem Moment, in dem Frau Lauterberg gar nicht in der Wohnung war. Wer also hat sie wie mit wem erzeugt?" „Lass mich überlegen", antwortete Gerti langsam. „Also, erstens kannst du nicht sicher sein, dass die Frau nicht doch plötzlich wieder nach Hause gekommen ist. Und zweitens: Selbst wenn nicht, hast du nicht den kleinsten Beweis dafür, dass es wirklich die Tochter war, die diese Laute von sich gegeben hat, geschweige denn, dass sie sie während der Vergewaltigung durch den eigenen Vater von sich gegeben hat. Was, wenn die Tochter mit ihren Puppen eine Situation nachspielt, die sie bei den Eltern beobachtet hat? Oder der Typ nur mangels anderer Möglichkeiten regelmäßig onaniert?" Ellen legte die Hand auf ihren revoltierenden Magen. „So laut?", fragte sie zaghaft. „So oft?", und Gertis Lachen explodierte in ihren Ohren. „Ellen, Süße, wo lebst du eigentlich?", fragte sie schließlich und schüttelte nun ihrerseits den Kopf.

„Was soll ich tun, Gerti?" Ellens Stimme war ganz klein und zittrig. „Was würdest du tun?"

„Ellen, hör mir zu", sagte Gerti jetzt am anderen Ende der Leitung. „Im Moment können wir keinen klaren Gedanken mehr fassen, wir kommen so nicht weiter. Was hältst du davon, wenn wir erstmal einen schönen Spaziergang machen, dann zusammen was essen gehen und uns bei einem Glas Wein überlegen, ob und wie wir weiter vorgehen?" „Einverstanden!", seufzte Ellen und spürte, wie sich die Spannung löste. „Südfriedhof?" „Südfriedhof!"

XII. (Freitagabend)

Von jeher hatten sie ihre wirklich ernsthaften Gespräche bei einem Spaziergang auf dem Südfriedhof geführt. Sie bummelten auf einem der Hauptwege entlang, bogen mal links ab und mal rechts, kühlten sich die Hände unter einem der Wasserhähne, lasen die Namen auf den Grabsteinen und setzten sich schließlich auf eine der Bänke unter den Trauerweiden, streckten die Beine aus und genossen den Wind in den Zweigen, der von Weite und Frieden und Sehnsucht sprach.

Es war bereits kurz vor sechs Uhr, als sie ihre Lieblingsbank ansteuerten und die Kühle des Schattens genossen, den die lang überhängenden Zweige der alten Weide ihnen spendeten. Sie ließen die Blicke durch das dichte Grün über ihren Köpfen in den Himmel wandern und hingen schweigend ihren Gedanken nach. Schließlich kramte Gerti ihre Zigaretten aus der Tasche, steckte sie jedoch nach einem Blick auf Ellens hochgezogene Augenbrauen wieder zurück und sah ihre Freundin auffordernd an.

„Also, noch einmal, Gerti: Was soll ich tun? Was würdest du tun?" Ellen setzte sich auf. Gerti schwieg abwartend und stopfte die Hände in die tiefen Taschen ihres Rocks. „Ich bin ständig hin- und hergerissen", jammerte Ellen, „ich schwanke und zweifle und ändere alle fünf Minuten meine Meinung. Gerade überzeuge ich mich selbst davon, dass ich mich unverzüglich ans Jugendamt wenden muss, um das Martyrium des Mädchens zu beenden. Im nächsten Augenblick beschuldige ich mich, mir das alles nur einzubilden und mit meiner Anzeige unüberlegt und rücksichtslos eine intakte Familie zu zerstören. Ich weiß nicht, was ich tun soll, Gerti - ich weiß es einfach nicht." Sie raufte sich die Haare und verschränkte die Hände dann aufstöhnend hinter dem Kopf. Mit geschlossenen Augen und zusammengekniffenen Lippen saß sie da, und Gerti strich ihr sanft mit dem Handrücken über die Wange.

Ellen holte tief Luft und fuhr fort: „Weißt du, ich stell mir vor, wie die an der Tür klingeln. ‚Guten Tag, wir sind vom Jugendamt und würden gern mit Ihnen über den Missbrauch Ihrer Tochter reden.' Nicht komisch, nein, wirklich nicht. Und was wäre denn auch das Ende vom Lied? Man könnte dem Vater vermutlich nichts nachweisen, und die Kleine wäre die Leidtragende. Und wenn letztlich doch nichts dran ist an der ganzen Sache, wenn es eine ganz harmlose Erklärung gibt? Dann hab ich den Mann völlig grundlos angeschwärzt, und so einen Verdacht wird der im Leben nicht mehr los. Und ich hätte mit meiner Anzeige womöglich einen Keil zwischen Vater und Tochter getrieben, weil er die Kleine nun vor lauter Angst auf Abstand halten und ihr seine Liebe entziehen würde, und wie sollte das Kind das jemals verstehen? Ich hab mir das alles ausgemalt und von Anfang bis Ende und wieder zurück durchdacht. Ach Gerti ..." Ihr war übel, sie hatte Magenschmerzen, und in ihrem Kopf hatten sich alle Gedanken zu einem wirren Knäuel verdichtet.

Gerti malte mit einem Stock Zeichen in den Staub. Nach einem langen Augenblick des Schweigens sah sie Ellen an: „Ich bin der Ansicht, dass man so einen Verdacht, der ja schließlich auf zahlreichen Beobachtungen deinerseits beruht, nicht einfach vom Tisch wischen und vergessen kann. Sowas liegt dir sowieso nicht. Also, dass wir etwas tun müssen, ist klar. Die Frage ist nur: Was?" Wieder schwiegen sie. „Und wann." Ellen beobachtete zwei Amselmännchen, die sich unter den tief hängenden Zweigen einer Thuja bekriegten, um dann laut zeternd das Weite zu suchen. Jetzt, Ende Juli, hatten sie bereits aufgehört zu singen, was sehr schade war.

„Sich vorzustellen, welchen Qualen und Torturen das Mädchen womöglich ausgesetzt ist, kann einen wirklich um den Verstand bringen", sagte Ellen, und ihr wurde immer jämmerlicher zumute. „Auf der anderen Seite, wenn du die Konsequenzen einer falschen Beschuldigung, also einer Verleumdung, mal ganz und gar zu Ende denkst, ..." Trotz der Sommerwärme erschauerte sie. „Moment mal", warf Gerti ein. „Verleumdung ist aber was anderes als eine falsche Beschuldigung. Du kannst jemanden beschuldigen, weil du glaubst, ein Fehlverhalten bei ihm festgestellt zu haben. Selbst wenn sich im Nachhinein herausstellt, dass es sich um eine falsche Beschuldigung gehandelt hat, ist das noch nicht gleichzusetzen mit einer Verleumdung. Eine Verleumdung liegt doch erst dann vor, wenn du jemanden willentlich und wissentlich fälschlich beschuldigst, wenn du also genau weißt, dass das, was du da behauptest, gelogen ist. Oder?" Ellen nickte. „Was ja aber in diesem Fall eher zweitrangig ist. - Also, gibt es eine Möglichkeit, Beweise für diesen Verdacht zu finden, ohne Gefahr zu laufen, den Vater zu Unrecht zu beschuldigen und die Familie beim Jugendamt anzuzeigen? Kann ich das? Darf ich das?" Sie streckte den Rücken und richtete sie sich auf.

Jetzt holte Gerti doch ihre Zigaretten hervor. Mit dem ersten geräuschvollen Ausatmen sagte sie: „Vielleicht gibt es eine Möglichkeit. Meinst du, du kannst die anderen Hausbewohner mit einbeziehen? Ihr habt doch so eine tolle Gemeinschaft in eurem Haus, wär es da nicht möglich, dir Rat und Unterstützung zu holen? Ich meine, was du hörst, hören die anderen auch, und vielleicht müssen sie nur ein ganz kleines bisschen mit der Nase drauf gestoßen werden, um aufmerksamer zu lauschen, um auf Hinweise zu achten oder eben einfach nur hinzusehen und hinzuhören. Und vielleicht findet einer von den anderen eine Erklärung für das, was sich in deinen Ohren wie Missbrauch anhört? Ich meine, dass Georg dich unterstützen wird, glaube ich ihm aufs Wort, aber er wohnt im anderen Haus, er ist berufstätig und ständig unterwegs, wann sollte er, wenn nicht durch Zufall, nochmal in die Verlegenheit kommen, diese Geräusche zu hören und ihre Quelle zu orten? Er müsste sich ja schon unter dem Balkon der Lauterbergs auf die Lauer legen..." Sie schwiegen und spielten in Gedanken die Möglichkeiten durch. Abgesehen von Georg, den sie im Fall des Falles blitzschnell per Telefon aktivieren konnte, waren da noch Ludger Simons, die alte Frau Schröder und Sabine und Dietmar. „Hm, Ludger Simons wohnt zwar auf derselben Etage wie die Lauterbergs", überlegte Ellen laut, „aber selbst wenn er nicht arbeitet, kann ich auf den nicht zählen, weil er ständig auf seinem Rennrad sitzt und durch die Gegend rast. Trotzdem werd ich mir was einfallen lassen, wie ich ihn sensibilisieren könnte.

Die alte Frau Schröder wohnt auf meiner Etage, aber zur anderen Seite raus, das heißt, selbst wenn sie nicht schwerhörig wäre, bekäme sie von dem, was bei den Lauterbergs vor sich geht, nichts mit. Es sei denn, sie würde bei ihrem ‚Sport‘ - so nennt sie immer das Treppensteigen - mal drauf aufmerksam werden, das wäre noch eine Chance. Also, irgendwie drauf hinweisen müsste ich auch sie. Ja, und mit Sabine und Dietmar verstehe ich mich so gut, mit den beiden könnte ich, glaube ich, Tacheles reden."

„Das wär eine Möglichkeit, Gerti - die Hausgemeinschaft wachzurütteln, damit sie mir zur Seite steht! Vielleicht führen sie meinen Verdacht ja auch ganz schnell ad absurdum, wer weiß. Hach, du alte Eule, ich bin so froh, dass ich dich hab...!" Und lachend, aber mit vor Erleichterung feuchten Augen, umarmte sie die Freundin.

Jetzt, da sie jedenfalls einen Plan hatte, auf den sie zurückgreifen und mit dem sie arbeiten konnte, ging es ihr wieder besser, viel besser. „Komm, lass uns essen gehen!" Sie stand auf und dehnte die müden Glieder, aus denen so langsam die Spannung wich. Arm in Arm schlenderten sie zurück zum Friedhofstor, wo der Friedhofswärter darauf wartete, hinter ihnen abschließen zu können. Sie überquerten die Saarbrückenstraße, bogen in die Lutherstraße ein und bahnten sich bei ihrem Lieblingsitaliener ihren Weg zu ihrem Stammplatz. „Wie immer, Signorinas?", fragte Giulio, als er ihnen die Weinkarte reichte. „Wie immer!", nickten sie und fingen an, den Sommerabend zu genießen. Rund um sie herum herrschte angeregte Stimmung, Gläser klirrten und Besteck klapperte, aus dem Lautsprecher erklang, gedämpft wie immer, Adriano Celentano, und Ellen ertappte sich dabei, dass sie anfing mitzusummen. Als kurz darauf ein junges Pärchen die Terrasse betrat, blieb ihr angesichts der kunstvoll aufgetürmten Frisur der Mund offen stehen: Das Mädchen trug einen pinkfarbenen Wellenkamm auf dem Kopf, der mindestens dreißig Zentimeter hoch gestylt war und mit Gel oder sonstigen Mixturen am Umkippen gehindert wurde. Sie fragte sich gerade, wie man sich mit so etwas auf dem Kopf noch einigermaßen ungezwungen bewegen konnte, als Gerti, das alte Schandmaul, an ihrem Valpolicella nippend dichtete: „Festgetackert auf dem Kopfe klebt der Schopf, mit Spray gebannt...", und die ganze Anspannung dieses Tages entlud sich in einem nicht enden wollenden Lachkrampf.

XIII. (Sonntag)

Nachdem sie sich am Sonnabendmittag dabei ertappt hatte, wie sie trotz der Wärme alle Fenster aufriss und von einem zum anderen wanderte und lauschend in den Hof starrte, um nur ja nicht zu verpassen, wenn etwa Frau Lauterberg die Wohnung verließ oder womöglich wieder das Geräusch zu hören war, rief sie sich selbst zur Ordnung, schloss energisch die Fenster wieder und stellte sowohl das Radio als auch die Klimaanlage an. Sie beschimpfte sich selbst, nannte sich „hysterisch" und „neurotisch" und beschloss eingedenk der Beratung mit Gerti, nichts zu überstürzen, nichts zu provozieren. ‚Beobachten, lauschen, wahrnehmen' - das war die Formel, auf die sie sich am Abend vorher geeinigt hatten. Und obwohl das ganz und gar nicht Ellens Naturell entsprach, hatte sie diesem Motto zugestimmt: Zu groß war in diesem Fall ihre Angst, etwas grundsätzlich Falsches zu tun.

Noch am selben Abend hatte sie Gelegenheit, sich vorsichtig einen Schritt vorzutasten. Als sie nämlich, beladen mit drei Mülltüten, versuchte, die Kellertür zu öffnen, griff von hinten eine behaarte Männerhand über ihre Schulter, und dicht an ihrem Ohr raunte eine tiefe Stimme: „Gestatten Sie, dass ich Ihnen behilflich bin, junge Frau?" Nur knapp hatte sie einen Aufschrei unterdrücken können, dann sah sie in Ludger Simons' braun gebranntes Grinsen. „Mensch, haben Sie mich jetzt erschreckt!", japste Ellen und trat einen Schritt zurück. „Ich hab eine richtige Gänsehaut bekommen ..." „Oh danke, danke, danke!", jubelte er. „Dass mir das noch vergönnt ist, in meinem fortgeschrittenen Alter einer Frau wie Ihnen Gänsehaut zu verursachen! Liebe Frau Cordes, Sie haben soeben einen glücklichen Menschen aus mir gemacht!" Mit einer tiefen Verbeugung hielt er ihr die Tür auf, und albernd und kichernd stiegen sie gemeinsam in den Keller hinab. „Wollen Sie noch eine Runde drehen?", fragte Ellen, als er seinen Kellerraum aufschloss und begann, den massiven Sicherheitsbügel an seinem Rad aufzuschließen. „Jawoll!", strahlte Ludger Simons. „Ich brauch das, wissen Sie? So ein Abend vor dem Fernseher oder mit der Bierflasche in der Hand auf Balkonien ... nee, das ist nicht so meine Welt. Wenn ich mir da unsern Nachbarn ankucke, was da so alles aus seinem T-Shirt raushängt und sich unter seinem Kinn zusammenballt - och nö, das muss ja nicht sein, oder? Und heute Abend hat seine Frau wieder Dienst, hab ich gehört, da macht er wahrscheinlich wieder Party mit seinen Oldies, darauf steh ich auch nicht so." Er zuckte die Schultern und wandte sich wieder seinem Rad zu. „Ach, Frau Lauterberg ist berufstätig?", fragte Ellen. „Das wusste ich gar nicht. Meine Güte, mit zwei kleinen Kindern und Beruf - da hat sie ja ganz schön was am Hals." „Naja, sie ist wohl Krankenschwester oder sowas, macht am Wochenende hin und wieder Nachtwachen. Hat sie mir mal erzählt, kurz nachdem sie hier eingezogen waren. Find ich aber trotzdem enorm, ja." Ellen stand immer noch im

Gang, ihre Müllbeutel in der Hand wurden langsam schwer. Doch sie spürte, dass sie sich diese Chance nicht entgehen lassen durfte und nahm all ihren Mut zusammen: „Kriegen Sie viel mit von Ihren Nachbarn da drüben? Ich meine, sind die sehr laut?" „Och nö", antwortete Ludger Simons leichthin. „Seine Mucke nervt halt manchmal, und die Kinder kriegen sich in die Wolle, aber von ihr hört man überhaupt nichts, das ist `ne ganz Sanfte, glaub ich." „Also, wenn ich auf meinem Balkon bin, höre ich manchmal ganz seltsame Geräusche", sagte Ellen und war froh, dass es hier im Keller so schummrig war, weil ihr bei diesen Worten die Röte ins Gesicht stieg. „Und ich kann mir nicht helfen, aber ich glaube, die kommen aus der Lauterbergschen Wohnung." „Ach ja?" Ludger Simons richtete sich auf. „Was denn für Geräusche?", fragte er und wackelte probeweise am Vorderreifen seines Rennrades. „Ich weiß nicht, wie ich die beschreiben soll", druckste Ellen. Sie würde sich eher die Zunge abbeißen als sich zu einer Demonstration à la Georg hinreißen lassen. „Es sind so ganz abgehackte, stoßweise Laute, die im Laufe der Zeit immer lauter werden. Es dauert immer nur zwei, drei Minuten, dann ist es wieder vorbei. Es hört sich irgendwie jämmerlich an, ganz kläglich. Haben Sie das noch nie gehört?" Er schüttelte verständnislos den Kopf. „Vielleicht weint da eines der Kinder?" „Vielleicht, ja", wich sie aus. „Aber eigentlich hört es sich nicht nach Weinen an. Eher wie ein Stöhnen... oder wie kurze, atemlose Klagelaute, na, wie so ein trockenes Wimmern eben." Ratlos sah er sie an. „Na, wird schon so schlimm nicht sein, oder?" Seine Stimme hatte einen ungeduldigen Unterton bekommen. Immer noch kopfschüttelnd hob er sein Rad auf die Schulter, trug es hinaus auf den Gang und schloss die Tür seines Kellerraums hinter sich zu. „Okay, dann will ich mal", sagte er und strebte der Treppe zu. „Sie können ja mal drauf achten", rief Ellen ihm zaghaft hinterher, „vielleicht fällt Ihnen ja mal was auf ...?" Die Tür zum Treppenhaus fiel hinter ihm zu, sie war allein.

Nachdem sie ihre Müllbeutel in den entsprechenden Containern im Hof versenkt hatte, stand sie einen Moment unschlüssig da. Das war nicht die Reaktion gewesen, die sie sich von Ludger Simons erhofft hatte. Aber sie hatte es auch ziemlich dilettantisch angefangen, oder? „Merkwürdige Geräusche", „trockenes Wimmern" - wenn der Mann das selbst noch nie gehört hatte, konnte er sich halt nichts darunter vorstellen. Aber wie Georg zu sagen, es höre sich an, als ob „Ihre Nachbarn da grad `ne flotte Nummer schieben" - nein, das brächte sie nicht fertig. Sie spürte, wie das Gedankenkarussell wieder begann, sich zu drehen. Ehe es noch wirklich Fahrt aufnehmen konnte, machte sie kehrt, stopfte ihren Hausschlüssel zurück in die Tasche und beschloss, Georg einen Besuch abzustatten.

Sie klingelte. Nichts. Dann hörte sie es: Der „Bolero" von Ravel. Au weia - das bedeutete dicke Luft. Dicke Luft zwischen Georg und Björn. Schnell wandte sie sich um und wollte gerade die Treppe wieder hinunterhuschen, als hinter ihr die Tür aufgerissen wurde. „Ja?" Georgs Stimme hallte durch das Treppenhaus wie ein Peitschenknall. „Ach, du bist`s, Ellen..." „Lass dich nicht stören", rief sie über die Schulter zurück, „ich bin schon wieder weg!" „Was soll das?", fragte Georg, der mit einem großen Schritt ans Treppengeländer getreten war und auf sie heruntersah. „Warum haust du wieder ab?" „Du hörst den Bolero - da will ich nicht stören!", antwortete Ellen und wandte sich wieder zum Gehen. „Sei nicht albern, Liebchen!" Georg musste lachen. „Bitte, sei ein braves Mädchen und komm rein, ja? Jedenfalls auf einen Cappuccino!" „Kann`s auch ein Glas Riesling sein?", fragte Ellen, war schon wieder auf Augenhöhe mit ihm und küsste ihn auf beide Wangen. „Na... du bildest dir doch wohl nicht ein, dass ich meinen Bardolino an dich verschwende?", fragte er augenzwinkernd, und kurze Zeit später saßen sie sich auf dem Balkon gegenüber, genossen den „Bolero" - nunmehr sehr gedämpft - als Hintergrundmusik und schwenkten grüngoldenen Wein in langstieligen Gläsern.

„Also, schieß los!", forderte Ellen ihn auf. Georg zierte sich, tat, als verstünde er nicht, was sie meinte. „Na, komm schon. Man muss kein Sherlock Holmes sein, um drauf zu kommen, was der Bolero für dich bedeutet. Also, spuck's aus." Er blickte lange in sein Glas, das er zwischen zwei Fingern hin und her drehte, holte dann tief Luft und sagte: „Ich glaube, ich bin nicht genug für Björn." Aus vielen vorangegangenen Abenden wie diesem hatte Ellen gelernt, dass sie gar nichts sagen, sondern nur abwarten und zuhören musste, um Georg zum Sprechen zu bringen. Und so war es auch diesmal. Als sie lange genug geschwiegen hatten, fuhr er fort:

„Gestern Abend habe ich ihm von unserem Verdacht erzählt. Du weißt schon, was die Kleine von da unten betrifft." Er deutete eine Kopfbewegung Richtung Hof an. „Ich dachte, Björn als absolut Außenstehender, als neutral Denkender und Empfindender müsste doch imstande sein, unsere Zwickmühle zu erfassen und sich vorstellen können, wie schwerwiegend jede Entscheidung ist, die wir treffen bzw. eben nicht treffen. Ich dachte, ein so empathischer Mensch wie mein Björn würde sich in unsere Lage hineinversetzen können, sowohl in die des Mädchens, als auch in die des Vaters, als auch in unsere, die Lage der Beobachter. Und ich war mir sicher, dass er sie von allen Seiten beleuchten würde, das Für und Wider jeglichen Arguments und Gegenarguments erwägen und die Konsequenzen für diesen oder jenen Schritt durchspielen würde. Kurz und gut: Ich hatte sein Verständnis und seinen Rat erhofft.

Aber was passierte, war das genaue Gegenteil: Er flippte völlig aus! Von jetzt auf gleich hüpfte er hier rum wie Rumpelstilzchen, beschimpfte mich - naja, dich natürlich erst recht! - meine Nase in Dinge zu stecken, die mich nichts angingen, nannte mich eine sensationslüsterne Schwuchtel" - Ellen zuckte zurück, als habe er sie ins Gesicht geschlagen - „und steigerte sich derartig in seine Erregung hinein, dass ich mir schließlich völlig verklemmt und prüde vorkam, weil ich meinem Nachbarn seinen Spaß nicht gönnte und mich andererseits wie ein perverses Schwein fühlte, weil ich die Kleine noch nicht aus dieser Hölle befreit hatte. Ich wusste echt nicht, was er mir eigentlich sagen wollte..." Georg schenkte sich Wein nach. „Irgendwann war er kurz davor zu heulen. Da habe ich ihn mir geschnappt, hab ihn geschüttelt und angebrüllt und ihn gezwungen, mir haarklein zu erzählen, was eigentlich los war mit ihm. Und es stellte sich heraus, dass man vor Jahr und Tag seinen Vater - seinen eigenen Vater, Ellen! - verdächtigt hatte, seine kleine Schwester missbraucht zu haben, dass sich Nachbarn und Schule und Jugendamt und Polizei da reingehängt hatten und den Mann so schnell so klein gekriegt haben, dass ihm nichts anderes mehr einfiel, als sich im Grunewald zu erhängen. Da war Björn zehn, seine kleine Schwester sieben. Und dann stellte sich heraus, dass es nicht der Vater gewesen war, der die Kleine missbraucht hatte, sondern der Großvater - und der war sich keiner Schuld bewusst, denn ‚es hatte der Kleinen doch immer Spaß gemacht' - und außerdem hatte sie jedes Mal ein paar Gummibärchen bekommen....." Er stellte sein Glas so hart auf dem Balkonboden ab, dass es zerbrach. Ein Blutstropfen kroch an seinem Finger entlang, er leckte ihn ab, ohne es zu merken. „Das Schlimmste daran ist, dass Björn sich bis heute die Schuld an allem gibt. Er ist nicht davon abzubringen, dass es an ihm gewesen wäre, seine kleine Schwester zu beschützen, seinen Großvater von ihr fernzuhalten und seinen Vater reinzuwaschen. Er bildet sich allen Ernstes ein, nicht nur an der Psychose seiner Schwester, sondern auch am Tod seines Vaters schuld zu sein."

Ellens Herz hämmerte. „Kennst du seine Schwester?", war alles, was ihr einfiel, und Georg schüttelte den Kopf. „Sie lebt in so einer WG, ‚betreutes Wohnen', weißt du. Sie kommt wohl inzwischen ganz gut zurecht, aber Björn will nicht, dass ich sie kennenlerne. Ist vielleicht auch besser." Er schwieg betreten, fuhr sich mit der Hand über die grauen Bartstoppeln, dass es nur so knisterte, und setzte dann erneut an: „Als ich ihn irgendwann fragte, wieso er so auf mich losgegangen sei, da wir beide, du und ich, doch schließlich nur dem kleinen Mädchen helfen wollen, ist er völlig zusammengebrochen. Er hat nur noch geweint, stundenlang. - Und heute morgen war er verschwunden. Das hier lag auf dem Küchentisch ..." Mit zitternder Hand streckte er ihr einen Zettel entgegen. „Ich hätte es dir nicht erzählen sollen", stand darauf. „Vergiss es, wenn du kannst. Björn. - PS: Ich hoffe, der Bolero wird dir auch diesmal helfen. Mazel tov." „Wird er wiederkommen?", fragte Ellen. Georg schniefte und zuckte die Schultern. „Mazel tov", sagte sie leise.

XIV. (Montag)

Sie erwachte mit schwerem Kopf. Schon während sie es sich einschenkte, hatte sie gewusst, dass dieses letzte Glas Riesling nicht gut für sie war, aber sie brachte es nicht fertig, Georg seinem Elend zu überlassen, einfach aufzustehen und zu gehen, und so war sie geblieben, bis er auf seiner Liege eingeschlafen war. Sie hatte ihm eine Decke geholt, im Wohnzimmer eine Notbeleuchtung ein-

und den CD-Player ausgeschaltet und die Wohnungstür leise hinter sich zugezogen. Als sie den Hof überquerte und sich ihrer Kellertür näherte, stellte sie fest, dass sie offensichtlich im gesamten Carrée die einzige Nicht-Schlafende war, denn sie konnte nicht ein einziges erleuchtetes Fenster entdecken. Die Uhr in ihrer Küche sagte ihr auch, warum: Es war 02.34 Uhr. In wenigen Stunden begann die neue Arbeitswoche, und wahrscheinlich hatten nicht alle ihre Nachbarn das Glück, wie sie noch eine Woche Urlaub vor sich zu haben.

Sie kochte sich nicht nur einen Becher Kaffee, sondern gleich eine ganze Kanne voll, und ging unter die Dusche, bevor sie noch etwas gegessen hatte. Sie zwang sich zu ein paar Wechselduschen, spürte das Hämmern in ihrem Kopf danach erst richtig und verordnete sich eine Aspirin. Mit dem zweiten Becher Kaffee und einer dick mit Frischkäse bestrichenen Scheibe Knäckebrot in der Hand trat sie auf den Balkon und stellte fest, dass es in der Nacht geregnet haben musste. Oh je - hoffentlich war Georg rechtzeitig aufgewacht, denn wie alle anderen Balkone, war auch der seine nur halb überdacht: Seine Füße unter der Decke hätten also schön nass werden können. Aber die Luft war frisch, so frisch wie seit Wochen nicht mehr, am tiefblauen Himmel zogen friedlich dick aufgeplusterte Schäfchenwolken dahin, es wehte eine leichte Brise aus Südwest und alles, was sich ihren Blicken darbot, sah aus wie frisch gewaschen. Sie beschloss, ihre Badetasche zu packen, mit dem Fahrrad zum Hindenburgufer zu fahren und mit der Fähre von Bellevue nach Mönkeberg überzusetzen, von wo aus sie dann weiter nach Kitzeberg oder sogar nach Laboe fahren könnte, wenn sie wollte. Gerade studierte sie den Inhalt ihres Kühlschranks, um sich ein leckeres Picknick zusammenzustellen, als sie die Kellertür zuknallen und metallisches Geklapper auf der Treppe hörte. Schon fast automatisch reckte sie den Kopf aus dem Fenster und sah zu, wie die hagere Frau Lauterberg Vanessa Saskia Cynthia aufforderte, vor ihr herzufahren, während sie selbst sich zwischen drei Einkaufskörbe an ihrem eigenen Rad quetschte - zwei vorn am Lenker und einer hinter ihr auf dem Gepäckträger - und ihrer Tochter hinaus auf die Straße folgte. - Es dauerte keine drei Minuten, bis sie es hörte.

Mit beiden Händen hielt sie sich am Geländer ihres Balkons fest und lauschte mit geschlossenen Augen und angehaltenem Atem. Es hatte leise begonnen, steigerte sich aber nun und schwoll an zu einem atemlosen, stoßweisen Stöhnen, das in immer kürzeren Abständen zu hören war. Und in das altbekannte Wimmern überging. In dem Moment, in dem ihr Georgs Bemerkung von der „flotten Nummer" in den Sinn kam, war sie auch schon herumgewirbelt, hatte ihren Wohnungschlüssel ergriffen und die Tür hinter sich zugeworfen. In Riesensätzen flog sie die Treppe hinunter, schlitterte auf die Wohnungstür der Lauterbergs zu und drückte den Klingelknopf mit solcher Kraft, dass sie ihn in der Fassung versenkte. Er klemmte fest.

„Was zum Teufel ...!" Die Tür wurde aufgerissen, und wie ein Habicht im Anflug stieß Lauterbergs Kopf auf sie herab. Ehe Ellen noch irgendetwas sagen konnte, hatte er schon mit Hilfe seiner zersplitterten, schwarz unterlegten Fingernägel den Klingelknopf aus der Fassung gezogen. Er wandte sich Ellen zu, musterte sie von Kopf bis Fuß, wie sie da barfuss und atemlos vor ihm stand und fragte: „Ja?" Mit zitternder Hand deutete Ellen in die Wohnung hinter ihm. „Diese Geräusche ... dieses Stöhnen ..." Weiter kam sie nicht. „Schon vorbei", knurrte der Mann, „is schon vorbei", und schlug ihr die Tür vor der Nase zu.

Ellen stand da wie erstarrt. Langsam ließ sie die Hand sinken und schloss den Mund. Sie drehte sich um und stieg die Treppe hinauf zu ihrer Wohnung. Stufe für Stufe erklomm sie sie, und nie zuvor war es ihr so schwer gefallen. Was hatte sie da gerade getan? Sie atmete schnell und hektisch. War sie wirklich entgegen jeder Vernunft, entgegen aller Warnungen, die sie im Internet gelesen hatte, hinuntergerannt, um an der Lauterbergschen Wohnung Sturm zu klingeln? Mit der Hand am Geländer blieb sie stehen. Und was hatte sie erreicht? Nichts, absolut nichts.

Mit zittrigen Händen schloss sie ihre Wohnungstür auf, ging in die Küche und schenkte sich einen letzten Becher Kaffee ein. Wie hatte der Kerl überhaupt ausgesehen? Er war nur mit einer Shorts bekleidet gewesen, die ihm wie üblich unter dem Bauch hing, der Oberkörper war nackt. Schuhe hatte er nicht getragen, nein, er war barfuss gewesen wie sie auch. Seine Brust war stark behaart, ein richtiger Pelz wuchs darauf, das sah sie jetzt ganz deutlich vor sich. War er irgendwie atemlos oder verschwitzt gewesen? Ja, war er. Hatte er den Eindruck gemacht, als sei er gerade bei irgendetwas, einer sehr intensiven Beschäftigung, gestört worden? Ja, es sah ganz so aus. Waren die Geräusche in der Wohnung noch zu hören gewesen? Nein, da war nichts mehr gewesen, da war alles still. Wo war Sarah? Im Flur hatten ein Paar Inline-Skates gelegen, erinnerte sie sich, und ein rosa Helm. An der hinteren Wand lehnte ein blauer Staubsauger, und vorne rechts neben der Wohnungstür hatte sie eine von Papieren überquellende Plastiktüte gesehen. Und der Geruch, der ihr entgegengeströmt war, war merkwürdig gewesen. Automatisch schnupperte sie ihm noch einmal nach und bezeichnete ihn für sich als „irgendwie medizinisch".

Aufstöhnend stützte sie den Kopf in die Hand und raufte sich die frisch gewaschenen Haare. „Ellen Cordes, du bist ein Idiot", murmelte sie. „Was hast du dir nur dabei gedacht?" Sie stellte den Kaffeebecher in die Spüle, stopfte Sonnenmilch und eine leichte Strickjacke in ihre bereits gut gefüllte Fahrradtasche und machte sich auf den Weg nach Mönkeberg.

Die Fähre war um diese Zeit nicht mehr so voll wie in den frühen Stunden des Tages. Jetzt, kurz vor Mittag, saßen die Familien bereits am Strand in ihren Burgen oder auf ihren Decken, knabberten an hartgekochten Eiern und angetrockneten Broten, aßen Frikadellen mit Senf oder kalte Würstchen und leckten sich die sonnenölverschmierten Finger ab. Bei dieser Vorstellung war sie froh, dass sie allein und unabhängig war und sich für ihr Picknick ein stilles, friedliches Plätzchen im Schatten würde suchen können.

Nachdem sie die Fähre verlassen hatte, wandte sie sich nach links Richtung Kitzeberg. Der Strandweg war sehr belebt, und sie konnte nicht so in die Pedale treten, wie sie es sich gewünscht hätte, aber der leichte Fahrtwind, die gleichmäßige Bewegung und der weite Blick auf die Förde ließen sie schon bald eine angenehme Entspannung empfinden, und sie genoss den Augenblick in vollen Zügen. Auch ihr Kopf begann, sich zu klären, der Druck, der ihr seit ihrer Sturmklingelei bei den Lauterbergs das Atmen schwer gemacht hatte, löste sich, sie fühlte sich frei und zufrieden.

Kurz hinter der Marina von Kitzeberg ließ sie „Das Kleine Strandhaus" links liegen und steuerte eine Bank im Schatten einer knorrigen Eiche am Uferweg an, die ein altes Ehepaar in Badekleidung gerade geräumt hatte. Sie stellte ihr Rad ab, löste den Korb aus der Halterung und griff nach ihrer Wasserflasche. Aufatmend streckte sie die Beine von sich, packte ihr noch nicht angetrocknetes Käsebrötchen aus und biss genussvoll hinein. Im selben Moment hörte sie einen durchdringenden Schrei, der sich zu einem anhaltenden Jaulen steigerte. Sie sprang auf und sah am Strand, knappe hundert Meter entfernt, wie ein junger Mann mit beiden Fäusten auf einen im Sand ausgestreckten Hund einschlug. Der Hund lag bereits auf dem Rücken, hatte seinem Peiniger Brust und Kehle dargeboten, wandt sich in Panik und schrie zum Steinerweichen, war aber dem Angriff hilflos ausgeliefert. Ohne nachzudenken, schleuderte Ellen ihr Brot auf die Bank, hatte mit zwei Sätzen das Gebüsch am Wegrand hinter sich gelassen und rannte brüllend auf den Mann zu. „Aufhören! Hör auf, verdammt nochmal!" Sie war so in Fahrt, dass sie ihm mit ihrem ganzen Gewicht in den erhobenen Arm fiel und ihn einfach umriss. Während sie ihm im Fallen das Knie in den Bauch rammte, sprang der Hund auf die Füße und jagte in Riesensätzen davon.

„Bist du bescheuert?" Der Mann unter ihr japste nach Luft. Selbst nach Atem ringend, rollte Ellen sich von ihm herunter und sprang auf die Füße. Mit geballten Fäusten stand sie kampfbereit da. „Tierquäler!", fauchte sie. „Verdammter Feigling! Ich zeig Sie an, darauf können Sie sich verlassen!" „Mach doch, alte Schnepfe", keifte der Mann, dem vor lauter Wut der Speichel am Kinn herunterrann. „Du hast doch keine Ahnung, Mensch! Das Vieh wollte mich beißen, hier, kuck doch ..." - er deutete auf eine rote Schramme an der Wade - „der ist gefährlich, gemeingefährlich ist der, gehört sowieso nich an'n Strand, und du blöde Kuh meinst hier, Polizei spielen zu können, oder was?" Inzwischen hatte auch er sich hochgerappelt und näherte sich ihr drohend. Er war krebsrot im Gesicht, auch auf der nur mäßig behaarten Brust hatte er einen kräftigen Sonnenbrand, wie Ellen jetzt sah, und mit angriffslustig vorgerecktem Kopf baute er sich vor ihr auf. Ellen dachte nicht daran, zurückzuweichen: Mit beiden Händen schubste sie ihn zurück und zischte böse: „Tierquälerei steht bei uns glücklicherweise unter Strafe, und dass und wie Sie diesen armen Hund gequält haben, können einige Leute hier" - sie machte eine weit ausholende Geste in die Runde - „nur allzu gut bezeugen." Er sprang vor und holte aus, doch da fielen ihm von hinten zwei Jungs in den Arm. „Okay, wir übernehmen das", sagte einer von ihnen über die Schulter des Tierquälers hinweg. „Wir haben alles gesehen, wir regeln das. Gehen Sie ruhig weiter, wir kümmern uns um den hier." Jetzt sah sie, dass die beiden von der DLRG waren, und mit klopfendem Herzen und Sand zwischen den Zähnen stapfte Ellen zurück zu ihrer Bank und ihrem Rad, das tatsächlich noch stand, wo sie es verlassen hatte. Nur ihr Brot war verschwunden, und trotz der Anspannung, unter der sie stand, grinste sie vor sich hin, als sie hörte, wie zehn Meter entfernt eine Frau ihren Pudel ziemlich halbherzig als „alten Klauer" titulierte.

Sie setzte sich auf die von der Sonne aufgeheizte Bank und versuchte, sich zu beruhigen. Ihr Herz dröhnte in ihren Ohren, sie war immer noch nicht zu Atem gekommen. Mit dem Unterarm wischte sie sich den Schweiß von der Stirn, nahm die Sonnenbrille ab und rieb sich die Augen. Das Shirt klebte ihr am Leibe, und ihre Hände zitterten. Ihr war klar, dass sie intuitiv und unüberlegt gehandelt hatte, aber sie war froh darüber. Hätte sie noch lang nachgedacht, womöglich ihre Chancen gegen diesen Typen abgewogen, vielleicht sogar abgewartet, ob nicht einer der umstehenden Gaffer eingreifen würde - sie hätte sich bedeckt gehalten und wäre nicht eingeschritten, das war ihr klar. So aber war sie zwar immer noch empört und entsetzt, nicht nur über den Kerl selbst, sondern auch über all die Menschen, die drumherum gestanden und zugesehen hatten, doch das

Glücksgefühl, einem Tier in Not geholfen zu haben, überwog. Immer wieder rief sie sich ins Gedächtnis, wie der Hund aufgesprungen und geflüchtet war. Das war es wert gewesen.

Eigentlich hatte sie ihre Tour bis Laboe fortsetzen wollen, doch als sie jetzt wieder aufs Rad stieg, fühlten sich ihre Beine an wie Pudding und in ihrem Magen rumorte es. Immer wieder ließ sie den Blick am Strand entlang wandern auf der Suche nach dem Hund, doch er war nirgends zu sehen. Sie versuchte, sich auszumalen, wie er müde und im wahrsten Sinne des Wortes zerschlagen nach Hause lief, sich in der sicheren Geborgenheit seines Schlafplatzes zusammenrollte und von den Schrecken dieses Tages erholte.

Mittlerweile war die Mittagszeit vorbei, und so steuerte sie am Uferweg einen Imbiss an, kaufte eine Portion Pommes frites und setzte sich zum Essen ins Gras. Das Wasser in ihrer Flasche war lauwarm, es schmeckte nicht mehr wirklich gut, löschte aber den Durst. Während sie lustlos an einem traurig baumelnden Kartoffelstäbchen kaute, gestand sie sich ein, dass ihr trotz der sommerlichen Ferienatmosphäre die Freude an ihrem Ausflug vergangen war. Die kurzzeitige Hochstimmung war verflogen, sie hatte das Bedürfnis, sich wieder in ihrer Höhle zu verkriechen. Als sie jetzt die Fähre aus Laboe herankommen sah, packte sie kurz entschlossen ihre Sachen wieder in den Fahrradkorb und fuhr zurück zum Anleger. Wenn sie sich wieder gefangen hatte, würde sie Gerti anrufen. Sie musste ihr beichten, was sie heute morgen getan hatte.

XV. (Montag, früher Abend)

„Nein, das ist nicht dein Ernst! Bist du wahnsinnig geworden, Ellen?" Gerti machte aus ihrem Entsetzen keinen Hehl. „Sag mal, hast du nicht selber und höchstpersönlich im Internet gelesen, dass man sich niemals selbst - und schon gar nicht allein - an den vermeintlichen Täter wenden soll? Was hast du dir nur dabei gedacht?" Ellen musste einräumen, dass sie in dem Moment wahrscheinlich überhaupt nicht gedacht hatte. „Ich hab die Frau und die Kleine wegfahren sehen, und keine zwei Minuten später ging es los ... und dann ging das irgendwie mit mir durch, Gerti, das hat sich komplett verselbständigt. Genau wie heute Mittag am Strand, da hab ich auch nicht gedacht ..." Und sie erzählte Gerti die Geschichte mit dem Hund. Pause. „Gerti?" „Weißt du was, Ellen Cordes?", fragte Gerti mit Grabesstimme. „Na?" Ellen machte sich auf eine der sagenumwobenen Standpauken à la Gerti gefasst, nach deren Anhörung kein Hund mehr ein Stück Brot von einem nahm. „Für solche Aktionen lieb ich dich!" Und tatsächlich hörte Ellen sie am anderen Ende der Leitung vor Rührung schlucken. Sie lachte und fuhr sich mit der freien Hand durch die Haare. „Oh ja, mehr davon! Das ist Balsam für die Seele!", forderte sie, und dann kicherten sie wie die Schulmädchen und versicherten sich wieder einmal, dass sie so, wie sie waren, genau richtig waren.

„Nein, aber jetzt mal im Ernst, Gerti." Ellen fing sich als erste wieder. „Weißt du, es ist doch irgendwie verkehrte Welt, wenn wir es total normal finden, dass man sich für einen leidenden, misshandelten Hund einsetzt, aber das Leiden und die Misshandlung eines Kindes billigend in Kauf nimmt, weil man ..." „... weil man nicht mal genau weiß, ob das Kind überhaupt wirklich misshandelt wird", fiel Gerti ihr ins Wort. „Und selbst wenn du es genau wüsstest, müsste man es noch beweisen können, und das fällt eindeutig nicht in deine Kompetenz." „Ja, aber das ist es doch gerade", eiferte Ellen sich. „Wo bleibt denn da die Prävention? Ich darf also erst etwas unternehmen, wenn ich beweisen kann, dass er dem Kind was antut? Ich muss doch nur darauf aufmerksam machen, dass die Möglichkeit besteht, dass es Hinweise darauf gibt. Das ist es doch, wozu wir immer wieder aufgefordert werden: Hinsehen, nicht wegsehen. Und gerade, wenn es um Kinder geht, sollte man vielleicht lieber einmal mehr hinsehen als einmal zu wenig." „Ellen, Schatz, mich musst du doch nicht überzeugen davon!" Gerti hatte Mühe, ihre Freundin zu bremsen. „Aber wie du dich auch drehst und wendest - du allein kannst nicht mehr tun, als deine Bedenken oder Beobachtungen dem Jugendamt zu melden, und - wir haben es oft genug und bis ins Detail durchdacht! - dieser Schritt will eben gut überlegt sein."

Ellen ließ sich aufs Sofa plumpsen und legte die Füße auf den Couchtisch. „Gut, dann geh ich jetzt eben in die Offensive", sagte sie. „Dann suche ich mir eben Kampfgefährten. Als erstes geh ich heute abends noch zu Sabine und Dietmar rauf und sorge dafür, dass sie nicht nur ein Auge und ein Ohr offen halten, sondern alle vier. Und dann hab ich noch einen Kontrolltermin bei Dr. Frantzen, und den werd ich auch gleich interviewen ..." „... wovon du dir nicht zuviel versprechen solltest, denn der ist schließlich an die ärztliche Schweigepflicht gebunden", hielt Gerti dagegen. „Weiß ich doch", Ellen wurde ungeduldig. „Aber einen Versuch ist es wert, ich hab einen ganz guten Draht zu ihm. Und außerdem werde ich Tagebuch führen über die Abwesenheiten von Frau Lauterberg und das Einsetzen der Geräusche, für die ich jedenfalls schon Georg als Zeugen habe. Und wenn ich womöglich dann von Sabine und Dietmar und - wer weiß? -

vielleicht ja sogar noch von Ludger Simons und Dr. Frantzen auch nur die Andeutung einer Bestätigung meines Verdachts bekomme, dann geh ich zum Jugendamt. - Ist das okay?", fragte sie und fühlte sich plötzlich schrecklich müde. „Wenn ich dann aber auf der anderen Seite darüber nachdenke, dass ein siebenjähriges Mädchen weiter leiden muss, nur weil ich zu feige bin ..." „Du bist nicht feige, Ellen!", protestierte Gerti. „Du kannst nur im Moment noch gar nichts anderes tun!" Ellen hörte, wie sie sich eine Zigarette anzündete und den Rauch geräuschvoll ausatmete. „Und auch wenn wir das schon bis zum Erbrechen diskutiert haben: Halte dir bitte bei allem, was du tust, auch immer wieder vor Augen, dass dein Verdacht völlig unbegründet sein kann und du unter Umständen einen unbescholtenen Mann eines der schlimmsten Verbrechen überhaupt bezichtigen würdest!" „Ja ja ja...", stöhnte Ellen genervt. „Was meinst du wohl, was mich die ganze Zeit so fertig macht!"

Für Sabine und Dietmar war die Tagesschau um 20.00 Uhr heilig. Wer da störte, hatte von Anfang an verspielt, und so beeilte Ellen sich nach einem Blick auf die Uhr, sich auf den Weg zu machen. Als Vorwand für den Besuch diente ihr die Schwarzäugige Susanne, die sie vorige Woche in der Gärtnerei erstanden hatte, und die bereits begonnen hatte, von ihrem kleinen Balkon Besitz zu ergreifen: Die würde sich auf Sabines Dachterrasse ganz sicher besser entfalten können.

Braun gebrannt, großzügig parfümiert und wie immer perfekt gestylt öffnete Sabine ihr die Tür. „Ellen! Das ist ja eine nette Überraschung", rief sie und hätte Ellen umarmt, wenn diese ihr nicht den Topf mit dem Rankgerüst entgegengestreckt hätte. „Hast du noch ein Plätzchen für das Susannchen?", fragte Ellen. „Die ist einfach zu dominant für meinen kleinen Balkon, und da dachte ich, bei dir könnte sie sich doch ..." „Oh wunderbar", jubelte Sabine. „Grade gestern hab ich zu Dietmar gesagt, Dietmar, hab ich gesagt, in die Ecke hinter dem Solanum müsste eigentlich unbedingt ein Rankgewächs. Und schon bringst du uns eines! Oh, da freu ich mich, Ellen, wie lieb von dir! Komm doch durch, magst du einen Martini?" „Gern!" Ellen trat auf die Dachterrasse, ließ sich von Dietmar einen Kuss auf die Wange hauchen und nahm auf der Hollywoodschaukel Platz. Dietmar drehte den Schlauch, mit dem er gerade die Pflanzen gewässert hatte, ab und eilte an die Bar, um ihnen allen einen Martini Bianco on the Rocks mit Zitrone und Olive zu kredenzen. „Hach ... schön habt ihr es hier!", seufzte Ellen, streckte Arme und Beine weit von sich und genoss die Abendsonne im Gesicht. „Unglaublich, was für ein Paradies ihr aus dieser Ödnis gemacht habt!" Diese Schmeichelei war nur zum Teil Berechnung, denn diese Dachterrasse war nicht einfach nur eine Terrasse, es war eine wirkliche Rarität. Was hier wuchs, gekonnt aufeinander abgestimmt in Form und Farbe, Größe und Volumen, hätte einer Gartenausstellung alle Ehre gemacht. In einer Ecke plätscherte ein Mini-Brunnen, in einer anderen fing eine kupfern leuchtende Kugel die Sonnenstrahlen ein, von einer Bougainvillea baumelte eine zartflügelige Elfe und versteckt hinter dem Geweihfarn wartete eine verzinkte Laterne auf ihren Einsatz, während exponiert in einem flachen Pflanzgefäß mit Sukkulenten die schwarzglänzende Skulptur eines ineinander verschlungenes Paares die Aufmerksamkeit auf sich zog. „Schön", lächelte Ellen. „Einfach schön."

Sie prosteten sich zu und plauderten über dies und das, Ellen erzählte von ihrer Fahrradtour, Dietmar von seinem neuen Tablet, Sabine erbat Ellens Rat bezüglich eines anzuschaffenden Zweitwagens und irgendwie gelang es Ellen schließlich, das Gespräch auf die Nachbarschaft zu bringen. Sabine und Dietmar hatten nur wenig

Kontakt, wenn überhaupt, dann nur zu der alten Frau Schröder, die Dietmar von Zeit zu Zeit in Finanz- und Versicherungsfragen um Rat fragte, oder eben zu Georg, den sie sich nicht zuletzt seiner Kochkünste wegen zum Freund erkoren hatten.

„Was sagt ihr denn eigentlich zu den Lauterbergs?", fragte Ellen schließlich rundheraus. „Ach Gott, was soll man zu denen schon sagen?" Dietmar schnaubte verächtlich und warf seiner Frau einen Blick zu. „Hast du Kontakt zu denen?", fragte Sabine, und es klang irgendwie ungläubig. „So kann man das wohl nicht nennen", lachte Ellen, und dann fasste sie sich ein Herz: „Erinnert ihr euch, dass ich euch neulich, als wir mit Georg hier bei euch gefeiert haben, auf dieses Geräusch aufmerksam machte?" „Was für ein Geräusch?", fragte Sabine. „Na, dieses abgehackte Wimmern, dieses merkwürdige Stöhnen, das da von Zeit zu Zeit zu hören ist. Habt ihr das noch nie gehört?" Die beiden sahen sich verständnislos an, zuckten die Schultern und schüttelten die Köpfe. „Und das war mitten in der Nacht zu hören?", vergewisserte Dietmar sich. „Ja, weißt du nicht mehr, dass ich euch bat, still zu sein, weil es grade wieder anfing, als wir hier oben bei euch so gemütlich zusammensaßen? Nur leider fing Georg dann an zu schnarchen, und dann war's vorbei." Die beiden erinnerten sich nicht, konnten sich auch offensichtlich nicht vorstellen, worauf Ellen hinaus wollte.

Ellen drehte und wandt sich sehr, während sie nun versuchte, ihren Nachbarn möglichst neutral und mit wohlgesetzten Worten von ihrem Verdacht zu berichten. Immer wieder fing sie einen Satz an, merkte dann, dass er einer Behauptung gleichkam und begann von neuem. Mehr als einmal flocht sie ein „aber es kann natürlich genauso gut sein, dass..." ein, räumte Irrtümer und Fehlinterpretationen ein, kam aber letztlich doch zurück auf ihren Vorsatz, wenn nötig das Jugendamt auf die Familie aufmerksam machen zu wollen.

Als sie geendet hatte, lehnte sie sich erschöpft in die Hollywoodschaukel zurück. Wortlos stand Dietmar auf, mixte drei neue Martinis und nahm wieder Platz. Sabine saß hoch aufgerichtet auf der Kante ihrer Liege, sah mit aufgerissenen Augen von einem zum anderen und trank ihren Martini in einem Zug aus.

„Du meinst also wirklich, dass dieser Mann seine eigene Tochter ..." Sie brachte den Satz nicht zu Ende und nagte an ihrer Lippe. „Ach ... Papperlapapp!", fuhr Dietmar dazwischen und bekräftigte diese Weisheit mit einer energischen Handbewegung. „Sowas passiert im Fernsehen, Liebling, meinetwegen auch im Rotlichtviertel oder wer weiß wo, aber doch nicht in unserem Haus!" Er war weiß wie die Wand, der Schweiß stand ihm auf der Stirn und die Falten um seinen Mund schienen plötzlich tief eingegraben. Böse funkelte er Ellen an. „Ich wollte euch doch lediglich bitten, Augen und Ohren offen zu halten und ein kleines bisschen aufmerksam zu sein", warf Ellen kleinlaut ein, doch Dietmar knurrte: „Mach hier nichts in Gang, Ellen, das kann ich dir nur raten." Seine Stimme klang gepresst. „Setz so ein Gerücht in Umlauf, und du kannst es nicht mehr stoppen. Du begibst dich da auf dünnes Eis, sehr dünnes Eis, glaub es mir. Das ist eine Lawine, die du da lostrittst, und ich sag's dir ehrlich, ich möchte nicht darunter begraben werden. Und Sabine auch nicht. Also rechne nicht mit unserer Unterstützung, wie auch immer geartet du sie dir vorgestellt hast. Mach was du willst, aber ohne uns. War das deutlich genug?" Er stellte sein Glas mit einem Krachen auf den gläsernen Beistelltisch und erhob sich. Mit einer unmissverständlichen Geste bat er Ellen, zu gehen.

Sie konnte sich nicht erinnern, wie sie zurück in ihre Wohnung gekommen war. Irgendwann fand sie sich heftig atmend in ihrem Flur, die Faust vor den Mund gepresst. Dann stürzte sie ins Bad und übergab sich.

XVI. (Dienstagmorgen)

Als sie gähnend und sich die Augen reibend die Vorhänge in der Küche zurückzog, sah sie Georg im Haus gegenüber schon auf seiner Fensterbank herumturnen. Schwungvoll polierte er die Scheiben, wobei er ganz offensichtlich Musik hörte, denn seine kreisenden Armbewegungen waren eindeutig einem Rhythmus unterworfen, wurden in regelmäßigen Abständen unterbrochen von weit ausholendem Wedeln, einem eleganten Schwung des Ledertuchs und wiederum rhythmischen Polierens. Als er Ellen an ihrem Küchenfenster erspähte, machte er ihr wilde Zeichen, wedelte mit den Armen, zeigte auf seine imaginäre Armbanduhr, streckte die gespreizten Hände von sich und bog sich vor Lachen. Ellen griff zum Telefon. „Was soll mir dein morgendliches Ballet sagen?", fragte sie statt einer Begrüßung. „Ich hab meine Brille noch nicht auf der Nase, ich kann deine Zeichensprache nicht lesen ..." „Guten Morgen, Liebchen", flötete Georg, „schön, dass du zu so früher Stunde schon so gut drauf bist! - Ich habe dich gerade zum Frühstück eingeladen, hast du's etwa nicht verstanden?" „Oh ... doch, natürlich!" Ellen warf einen Blick auf die Uhr über der Tür. „Wann, hast du signalisiert, findet es statt?" „In genau dreißig Minuten! Die Zeit läuft!" Ellen beantwortete seine Zeichen über den Hof hinweg mit in die Höhe gerecktem Daumen, sprang unter die Dusche und warf dann einen prüfenden Blick in ihren Kühlschrank auf der Suche nach irgendetwas, das sie zu diesem Frühstück beisteuern konnte. Sie fand einen Harzer Käse, von dem sie wusste, dass Georg ihn verabscheute. Sie fand ein Glas Orangenmarmelade, das sich wunderbar kombinieren ließ mit dem schon sehr gereiften Camembert, und sie fand eine Packung Graved Lachs mit Honig-Senf-Sauce, den sie mitnahm, obwohl sie ahnte, dass auch Georg bereits etwas davon aufgetischt hatte, doch sie wollte sich nicht lumpen lassen. Im Getränkefach ihres Kühlschranks fand sich außerdem noch ein Piccolo Sekt, der geradezu danach schrie, am heutigen Tage genossen zu werden.

Auf den Punkt genau dreißig Minuten nach erfolgter Einladung stand sie vor seiner Tür. „Komm schnell", sagte Georg und zog sie in die Wohnung. „ich bin seit sechs Uhr auf den Beinen, und ich sterbe vor Hunger!" Sie trat an den Tisch, den Georg auf dem noch im Schatten liegenden Balkon gedeckt hatte, sah geräucherten Lachs, Rührei, gekochte Eier, Orangensaft, Schinken, Käse, Marmelade, Honig, Brot, Brötchen, Kaffee, Joghurt, Quark, Müsli und Obst, drückte Georg ihre kümmerlichen Mitbringsel in die Hand und ließ sich aufatmend in einen Stuhl fallen. „Was in aller Welt treibt dich um sechs Uhr früh aus dem Bett?", fragte sie ihn und streckte gierig die Hand nach einem Mehrkornbrötchen aus. „Ach, senile Bettflucht, weiter nichts", antwortete Georg leichthin, köpfte das Ei in seinem Eierbecher und griff nach dem Salzstreuer. Er grinste von einem Ohr zum anderen. Ellen stutzte. „Was ist los mit dir? Hast du von Björn gehört?", fragte sie also und biss in ihr Brötchen, dass die Krümel nur so spritzten. „Oder hast du nur von ihm geträumt?" Auch Georg kaute mit vollen Backen, grinste aber weiter wie ein Honigkuchenpferd. „Weder noch", antwortete er und schenkte ihnen beiden den von Ellen beigesteuerten Sekt ein. „Ellen, Liebchen ... Ich glaub, ich bin verliebt!" „Donnerwetter, das ging aber schnell!" Ellen war perplex. „Wie hast du ... äh, kenn ich ihn?", fragte sie gespannt. „Es ist kein Mann", Georgs Grinsen wurde noch breiter. „Sie heißt Lulu." Sie hielt inne und legte das Lachsbrötchen, das sie gerade zum Mund führen wollte, zurück auf ihren Teller. „Georg! Du bist verliebt in eine Frau?" Ungläubig starrte sie ihn an. „Jein", er wandt sich ein wenig und langte mit dem Messer in die Orangenmarmelade. „Sie ist neun, weißt du. Neun Jahre alt." Das Messer fiel ihr aus der Hand und schlug klirrend gegen ihre Kaffeetasse. „Das ist nicht dein Ernst ..." Sie spürte, wie ihr die Farbe aus dem Gesicht wich und ihr Blick anfing zu flackern. „Georg ...!" Brüllend vor Lachen schlug Georg sich auf die Schenkel. „Dein Gesicht hättest du jetzt sehen sollen! Einfach umwerfend, sag ich dir! Hach, Liebchen", er trocknete sich die Lachtränen mit der Serviette ab und gluckste vergnügt vor sich hin, „sie ist ein Jack-Russell-Terrier-Mix im Tierheim Uhlenkrog."

Sie war so erleichtert, dass ihr die Tränen in die Augen schossen. „Du verdammter ...", kichernd und prustend boxte sie ihn auf den Arm und griff nach ihrem Sektglas. Nachdem sie ihm, immer noch zu Tränen gerührt, zugeprostet hatte, forderte sie ihn auf: „Los, erzähl, aber von Anfang an, okay?" Und Georg begann:

„Naja, wir hatten schon vor der Kieler Woche vom Tierheim Uhlenkrog die Aufforderung erhalten, sie mal wieder mit einem Bericht und natürlich entsprechenden Fotos in Erinnerung zu bringen: ‚Tierheim in großer Not'. Du weißt ja: Sobald die Ferien begonnen haben, füllen sich auch in Deutschland die Tierheime mit ausgesetzten und verlassenen Tieren. Okay, während der Kieler Woche war natürlich weder Zeit noch Raum für so eine Reportage, aber jetzt heißt es, das übliche Sommerloch zu füllen, und da bin ich also gestern rausgefahren, um mir von der Leiterin die neuesten Zahlen geben zu lassen und ein paar schöne Fotos zu machen ... ohne Fotos geht gar nichts, weißt du ja. - Tja, und da hab ich sie gesehen!"

Er strahlte über das ganze Gesicht, nahm einen langen Zug Orangensaft und setzte das fast leere Glas betont sanft wieder ab. „So ein ausdrucksvolles Gesicht hab ich bei einem Hund noch nie gesehen, Ellen. Wenn du mit ihr sprichst, legt sie den Kopf schief und lauscht ganz konzentriert. Wenn du sie lobst oder ihr schmeichelst, grinst sie. Wenn du aber ernst wirst oder dich irgendwie traurig anhörst, kriegt sie zwei steile Falten zwischen den Augen. Und was sie mit ihren Ohren machen kann - einfach köstlich, sag ich dir! Wenn wir noch mit echten Filmen fotografieren würden, hätte ich wohl mindestens zwei nur mit Aufnahmen von Lulu gefüllt!" Er sprang auf und holte seine Kamera, rief die entsprechende Datei auf und führte sie ihr vor wie ein Vater sein Neugeborenes. „Süß, oder? - Also, wie gesagt, Lulu ist neun, also in Hundejahren ungefähr sechzig, aber fit wie ein Turnschuh, kann ich dir sagen. So ein kleiner Hund kann locker fünfzehn oder siebzehn oder noch älter werden. Als sie merkte, dass ich gehen wollte, ist sie wie ein Flummi am Gitter des Zwingers hochgegangen und hat gequietscht und geschrien. Also, ihre Stimme ist das einzige, was mir nicht so toll gefällt an ihr ... Sie ist Scheidungsopfer, weißt du, und schon seit zwei Monaten im Tierheim, und das Mädchen, das mich rumgeführt hat, sagt, sie kriegt bald einen Zwingerkoller. Armes Hundchen!"

Er hielt seinen Kaffeebecher in beiden Händen und ließ den Blick träumend in den Hof wandern. „Ich glaub, das war Liebe auf den ersten Blick", sagte er dann, stellte den Becher weg und richtete sich zu voller Größe auf. „Ich hab gesagt, dass ich heute wiederkomm, ein bisschen mit ihr spiele und spazieren gehe und einfach mal kucke, wie wir so miteinander zurechtkommen. Und wenn das passt, Ellen, dann machen die vom Tierheim eine Vorkontrolle bei mir, und dann adoptiere ich sie, was meinst du?" „Ach, für die Leute vom Tierheim hast du die Fenster geputzt? Oder willst du Lulu damit beeindrucken?" Ellen konnte es sich nicht verkneifen, ihn ein bisschen aufzuziehen. „Ja, die wollen sich doch davon überzeugen, dass Lulu in geordneten Verhältnissen leben wird", verteidigte sich Georg, „und dazu gehören auch saubere Fenster, finde ich. Und da ich viel von zuhause aus arbeite, muss die Lütte ja auch gar nicht viel allein bleiben, außerdem kann ich sie fast überall mit hinnehmen. Oder du passt auf sie auf", fügte er grinsend hinzu, und Ellen stimmte mit ihrem hoch erhobenen Sektglas zu.

„Hast du Lust mitzukommen?", fragte Georg, als sie den letzten Schluck Kaffee zwischen sich aufgeteilt hatten und sich satt und zufrieden zurücklehnten. „Klar!", freute sich Ellen. „Deine neue Liebe kennenzulernen, lass ich mir doch nicht entgehen!"

Sie fuhren nicht mit den Rädern zum Tierheim, sondern nahmen Ellens Auto, denn sie hatten sich überlegt, die kleine Lulu zu einem Spaziergang in ein ruhiges, unaufregendes Gebiet zu entführen, in dem sie sich problemlos aufeinander würden konzentrieren können. „Wir haben keine Leine", stellte Ellen fest, als sie den Wagen vorm Tierheim parkte. „Aber die da drinnen haben welche", beruhigte sie Georg. „Mehr als genug, glaub mir." Er war wirklich aufgeregt, stellte Ellen fest, und benahm sich nicht anders, als ginge er zu seinem ersten Rendezvous. Mehr als einmal hatte er sich vergewissert, dass seine Hosentasche mit Leckerlis gut gefüllt war, und unterwegs hatte er plötzlich ein schmales Heft aus der Gesäßtasche gezaubert und ihr „Das kleine Einmaleins der Hundeerziehung" vorgelesen. „Also, du siehst, je ruhiger du die ganze Sache angehst, desto eher gewinnst du das Vertrauen deines Hundes", hatte er geschlossen. „Nee, nicht meines Hundes", hatte sie geantwortet, „aber so wie du davor bist, wirst du Klein-Lulu ganz schnell zu deinem Hund machen, da bin ich sicher." Und ein kurzer Blick aus dem Augenwinkel hatte ihr gezeigt, dass dieser gestandene Mann tatsächlich rot geworden war.

Die junge Frau, die ihnen aus dem Auslauf entgegenkam, strahlte Georg an. „Sie sind ja wirklich wiedergekommen!" Sie wischte sich die Hände an der Hose ab und begrüßte sie herzlich. „Ich glaube, Lulu wartet schon auf Sie", meinte sie dann und wies mit dem Kopf auf einen der Zwinger, die noch im Schatten lagen. „Sie ist heute ganz anders als sonst, unruhig und irgendwie ... aufgedreht." Sie zwinkerte Ellen fröhlich zu. „Na, dann wollen wir sie doch nicht länger auf die Folter spannen", beschloss Georg und wandte sich um. „... ich darf doch?", fragte er noch kurz über die Schulter hinweg, wartete das zustimmende Nicken der Tierpflegerin jedoch gar nicht mehr ab. Schon stand er an der Tür von Lulus Zwinger, rief zärtlich ihren Namen und ging vor ihr auf die Knie. Die kleine Terrierdame gebärdete sich wie wild: Quietschend, bellend und kreischend ging sie am Gitter hoch wie ein Katze, fiel wieder auf die Füße, wirbelte herum und begann ihren Tanz von neuem, dabei bewegte sich das kurze Schwänzchen wie ein Propeller, die Ohren flogen und das ganze kleine Hundegesicht war ein einziges fröhliches Lachen. Georg schmolz dahin.

Den Zwinger teilte Lulu sich mit einem behäbigen Labrador-Opa, der sich von seinem Lager erst erhob, als Ellen und Georg eintraten. Während Lulu Georg mit einem einzigen Satz auf den Arm sprang, um ihm in beiderseitigem Einvernehmen das Gesicht zu waschen, lehnte der Labrador sich an Ellens Bein, schloss die Augen und überließ sich ihren streichelnden Händen. Georg blinzelte ihr zu. „Na, wär das nicht der passende Begleitschutz für dich?", fragte er aufmunternd, und obwohl Ellen selbst für den Bruchteil einer Sekunde mit dieser

Möglichkeit gespielt hatte, schüttelte sie den Kopf: „Das wär einfach unfair, Georg. Stell dir vor, das arme Tier wäre Tag für Tag neun Stunden allein! Nein, diese Option müssen wir leider noch zehn bis zwölf Jahre zurückstellen, fürchte ich." Sie tätschelte dem Hundeopa den Hals und nahm seinen Kopf in beide Hände. „Aber vielleicht dürfen wir dich ja auf einen Spaziergang einladen?" Gerade erschien die junge Tierpflegerin vor dem Zwinger. „Na, Hans-Dietrich, hast du ausgeschlafen?", fragte sie und lächelte dem Labrador zu. Bestätigend wedelte der alte Herr mit dem Schwanz. „Wir würden Lulu jetzt gern zu einem Spaziergang entführen", sagte Georg und reckte den Hals, damit Lulus Zunge ihn auch dort noch säubern konnte. „Sollen wir Hans-Dietrich vielleicht mitnehmen?" „Oh, da würd der sich bestimmt freuen", mutmaßte die junge Frau. „Unser Hans-Dietrich - er ist nach Genscher benannt, wissen Sie? - hat schon lange keinen richtigen Spaziergang mehr gemacht, stimmt's, Dieti?" Aus dem Nachbarzwinger reichte sie ihnen zwei Leinen herüber, ermahnte sie, bitte keinen der beiden Hunde frei laufen zu lassen und besonders auch den alten Labrador nicht zu überanstrengen, und wünschte ihnen allen viel Spaß. „Meinen Sie, Sie sind um 14.00 Uhr wieder hier?", rief sie ihnen nach. „Dann hab ich nämlich Feierabend." Nach einem kurzen Blick auf seine Armbanduhr nickte Georg und winkte ihr zu, dann verließen sie das Tierheimgelände und steuerten auf Ellens Auto zu.

„Eigentlich müssten sie ja beide in den Kofferraum", meinte Ellen. „Schon aus versicherungstechnischen Gründen. Aber wenn wir den dicken Hans-Dietrich da drin haben, schlagen wir ihm mit der Heckklappe den Schädel ein, und für Lulu ist eh kein Platz mehr da drinnen. - Also, es nützt alles nichts, die beiden müssen auf die Rückbank ..." Gesagt, getan. Mit einem anmutigen Hüpfer flog Lulu auf den Sitz, während Hans-Dietrich sich ein wenig schwer tat: Pfote für Pfote erklomm er das Hindernis, grunzte und schnaufte und drehte sich auf der Bank, als wisse er beim besten Willen nicht, wie er sich auf so knapp bemessenem Raum zusammenfalten solle. Schließlich aber waren beide Hunde unter Dach und Fach, und in dem Moment, in dem Georg sich auf den Beifahrersitz fallen ließ, saß Lulu auch schon auf seinem Schoß. Wohlig grummelnd streckte Hans-Dietrich sich auf der Rückbank aus.

So vorsichtig war Ellen wohl noch nie gefahren. Während sie ihre kostbare Fracht den Uhlenbrok hinunter chauffierte, überlegte sie: „Du, was hältst du davon, wenn wir ein Stück am Drachensee entlanglaufen? Dann brauchen wir nicht so weit zu fahren." „Mir ist alles recht", antwortete Georg fröhlich und drückte das Gesicht in Lulus Fell. „Hauptsache, wir sind zusammen." Ellen warf ihm einen kurzen Blick zu und schüttelte grinsend den Kopf. „Du bist wirklich verliebt, Georg Zietz, das gibt's ja gar nicht ..."

XVII. (immer noch Dienstag)

Sie hatten Glück: Ellen fand einen Parkplatz an der Hamburger Chaussee, fast direkt gegenüber dem Eingang zum Drachensee-Wanderweg. Georg hatte Lulu angeleint, bevor er die Wagentür öffnete, doch Hans-Dietrich ließ sich bitten. Ihm gefiel es ausnehmend gut auf der Rückbank, und er machte keine Anstalten auszusteigen. Ellen hatte die Leine an seinem Halsband befestigt und zog sanft daran. „Nun komm, Dieti, aussteigen!", forderte sie ihn auf. Hans-Dietrich blinzelte sie müde an. „Och, nun komm, alter Knabe, lass uns ein Stückchen laufen. Das wird dir gut tun, glaub mir", versprach sie ihm, doch Hans-Dietrich glaubte ihr nicht. Sie zog ein bisschen stärker an der Leine. „Dieti! Aussteigen!" Müde schloss der Hund die Augen wieder. „Georg, hilf mir doch mal!" Mit beiden Händen auf Hans-Dietrichs breitem Hinterteil, drückte und schob sie und versuchte nun mit aller Kraft, das schwere Tier von der Rückbank hinaus auf den Parkplatz zu schieben. Georg, der mit Lulu an der Leine bereits die erste Runde um den Parkplatz gedreht hatte, lachte sich schief. Schließlich trat er an den Wagen heran, hielt Hans-Dietrich eine Handvoll Leckerlis unter die Nase und fragte in gleichgültigem Ton: „Na, Dicker, du fauler Sack - kommst du nun mit oder nicht?", und Dieti kam.

Die Sonne war verhangen, doch das diffuse Licht blendete die Augen trotzdem, und so waren sie froh, als sie auf dem Wanderweg um den kleinen See herum in den Schatten der Weiden, Fichten und Birken traten, deren Blätterdach sich über ihnen wölbte. Lulu nutzte die erste sich bietende Gelegenheit, sich ins Wasser zu stürzen und Georg mitzuziehen, und Ellen traute ihren Augen nicht, als Georg die Sandalen von den Füßen schleuderte, Hemd und Hose fallen ließ und Lulu hinterher schwamm. Immer noch die Leine haltend, alberte er mit der kleinen Hündin im Wasser herum, lachte, verschluckte sich, schnaufte und kam zurückgeschwommen, wobei er laut aufjaulte, als Lulu versuchte, ihm auf die Schultern zu steigen. Rote Striemen zeichneten sich ab, als er sein Hemd wieder anzog. Hans-Dietrich hatte nach einem kräftigen Schluck Seewasser die Pause genutzt, sich selig grunzend und grummelnd im Sand zu wälzen.

Als sie endlich weitergingen, hüpfte Lulu herum wie ein Pingpongball. Dass es sich bei diesem Quirl um eine eigentlich Sechzigjährige handelte, war schwer zu glauben. Georg war guter Dinge, versorgte beide Hunde großzügig mit Leckerlis und erklärte Lulu schließlich, dass sie, wenn sie nichts anderes vorhabe, eingeladen sei, am kommenden Mittwochnachmittag Mutter Zietz zu besuchen. Ellen horchte auf. „Wo wohnt deine Mutter?", fragte sie. „In der Seniorenwohnanlage in Suchsdorf", antwortete Georg, „da kann Lulu im Nord-Ostsee-Kanal baden!" Er grinste, schüttelte aber gleichzeitig den Kopf. „Nee, keine Sorge, da lass ich sie nicht rein."

„Du hast mir noch nie von deinen Eltern erzählt", fiel es Ellen jetzt auf. „Lebt dein Vater auch noch?" Wieder schüttelte Georg den Kopf. „Nein, Vaddern ist schon vor zehn Jahren gestorben, er ist neunundsiebzig geworden. Nach seinem Tod ist meine Mutter nach Suchsdorf gezogen, da war sie immerhin auch schon achtundsiebzig. - Ich bin ein spätgeborenes Kind, musst du wissen." Ja, Georg war zwei Jahre jünger als sie selbst, und wenn seine Mutter jetzt bereits achtundachtzig war, war er wirklich ein Spätgeborener. „Kommst du gut aus mit deiner Mutter? Ich hab noch nie mitgekriegt, dass du sie besucht hast", bemerkte Ellen und sah ihn gespannt an. Ein sanftes, fast wehmütiges Lächeln erschien auf seinem Gesicht. „Oh ja, wir kommen gut miteinander aus. Wir telefonieren regelmäßig, und wann immer ich in der Nähe bin, schau ich bei ihr vorbei. Mindestens einmal in der Woche, nach Möglichkeit öfter. Ich hatte die besten Eltern, die man sich wünschen kann, auch wenn es mir als Schüler manchmal peinlich war, dass sie immer auffielen als die ältesten Eltern weit und breit. Aber sie waren unendlich liebe- und verständnisvoll, ruhig und ausgeglichen in jeder Lebenslage ... wahrscheinlich deshalb, weil sie miteinander so glücklich waren. Weißt du, manchmal war ich als ihr Sohn richtig eifersüchtig auf dieses wortlose, innige Einverständnis zwischen den beiden. Sie brauchten nur einen Blick zu tauschen und wussten alles voneinander."

Gemächlich schlendernd hatten sie jetzt eine Bank erreicht, die unter den Zweigen einer uralten Buche zum Verweilen einlud. Hans-Dietrich ließ sich sofort in ihrem Schatten nieder, während Lulu begann, sich in dem warmen Sand zu ihren Füßen nach Australien durchzugraben.

Ellen spielte mit Hans-Dietrichs Leine, dann sah sie Georg an. „Wann hast du ihnen gesagt, dass du schwul bist? Oder haben sie's gemerkt?" „Nein, gemerkt haben sie's nicht. Wie auch? Ich hab es ihnen gesagt, als sie mich unbedingt zur Tanzschule schicken wollten..." „Ach du Schreck, die Tanzschule!" Dunkle Erinnerungen zogen vor ihrem geistigen Auge auf, und Ellen war voller Mitgefühl für Georg, als sie jetzt fragte: „Musstest du da wirklich hin?" Er schüttelte den Kopf. „Nee, das ist mir erspart geblieben. Obwohl es mir heute manchmal Leid tut, denn von Standardtänzen hab ich wirklich null Ahnung. Aber den Nachmittag, an dem ich mit der Sprache rausrückte, werd ich nicht vergessen." Sein Blick wanderte über den See und seine Stimme wurde rau. „Ich war fünfzehn, fast sechzehn, und sie fanden, es wäre doch nett, wenn ich mal ‚eine kleine Freundin' mit nach Hause brächte. Ich sagte, ich hätte aber keine, und daraufhin schlugen sie die Tanzstunde vor. Ich war so sauer, so angepisst von diesem Traditionsmuff - naja, ich war in der Pubertät, da war das normal, oder? - dass ich rumgehüpft bin wie Rumpelstilzchen und mir ihren Zusammenbruch geradezu erhoffte, als ich sie anschrie: ‚... und außerdem bin ich schwul, damit ihr's wisst!' Und im selben Moment hätte ich kotzen können, so elend fühlte ich mich ..."

Lulu hielt bei ihrer Buddelei inne. Mit schräg gelegtem Kopf sah sie zu Georg auf, wedelte kurz mit dem Schwänzchen und setzte sich hin. Ihre schwarzen Schlappöhrchen spielten, und auf der Stirn erschienen zwei kleine steile Falten. Georg musste den Wink mit der flachen Hand nur andeuten, und schon saß sie auf seinem Schoß, rollte sich zusammen und schlief ein. Lächelnd sah er auf sie nieder, seine Hand strich liebkosend über das kurze, schwarzweiße Fell.

„Wie haben sie es aufgenommen?", fragte Ellen leise. „Das ist sicher nicht einfach gewesen für sie ..."

„Sie haben genickt", antwortete Georg. „Sie sahen mich an - und haben genickt." Er machte eine Pause, spielte mit Lulus Ohr, und Ellen wagte nicht nachzuhaken. „Aber es war das einzige Mal, dass sie sich nicht ansahen, dass sie keinen Blick tauschten, verstehst du? Mein Vater sah zu Boden, klopfte mir sanft auf die Schulter und ging in sein Zimmer. Meine Mutter öffnete die Arme, zog mich an sich und hielt mich fest. Dann gab sie mich frei, sah mir fest in die Augen und sagte: ‚Dann ist es eben so. Komm zu mir, wenn du mich brauchst.' - Danach ging unser Leben eigentlich weiter wie bisher. Eigentlich. Denn danach hat mein Vater mich nie mehr umarmt, wie er es sonst oft getan hatte, wenn er mir zeigen wollte, dass er stolz auf mich war, sich freute oder wir uns einfach besonders nahe waren. Das konnte er wohl nicht mehr. Er ist nicht so gut damit fertig geworden wie meine Mutter, denke ich. Für sie hatte sich wirklich nichts geändert. Nein, wirklich nicht."

„Sie muss eine tolle Frau sein", sagte Ellen und wünschte sich einen kurzen Moment lang, sie kennenzulernen. „Das ist sie!", bestätigte Georg so begeistert, dass Lulu von seinem Schoß hochschreckte. „Das ist sie, das kannst du glauben! Mutter Zietz ist die Beste!"

Ein Blick auf die Uhr sagte ihnen, dass sie sich langsam auf den Rückweg machen sollten, wenn sie bis 14.00 Uhr wieder im Tierheim sein wollten, wie sie es versprochen hatten. Hans-Dietrich hatte sich ausgeruht und trottete gut gelaunt vor ihnen her, während Lulu, immer noch voller Tatendrang, von einer Wegseite zur anderen sauste, sie in ihre Leine einwickelte, Hans-Dietrich unterm Bauch durchschlüpfte und für Unterhaltung sorgte, bis sie endlich wieder im Auto saßen und sie sich aufatmend auf Georgs Schoß zusammenrollen konnte. „Na?", fragte Ellen mit Blick auf das schwarzweiße Knäuel. „Ich brauche wohl nicht zu fragen, wie deine Entscheidung ausgefallen ist, oder?" „Nee", lachte Georg, „wie die ausgefallen ist, ist wohl ziemlich offensichtlich, denke ich!"

XVIII. (immer noch Dienstag)

Zurück im Tierheim, mochte Georg seine Lulu nicht mehr hergeben. Er brachte es nicht über sich, sie in ihren Zwinger zu Hans-Dietrich zu sperren, der schnurstracks und ohne zu murren hineinmarschiert war und sich über die gut gefüllte Futterschüssel hermachte. „Wann können Sie denn die Vorkontrolle bei mir machen?", fragte er die Tierpflegerin, die sich als Hanna Rabuske vorgestellt hatte. Seine Stimme klang so kläglich, dass sie ihre Arbeit unterbrach - sie hatte einen ganzen Stapel Karteikarten vor sich liegen, die sie gerade vervollständigte - ihn mitfühlend ansah und hinter ihrem Schreibtisch hervorkam. „Heute noch?", drängte Georg. „Sie könnten doch gleich mitkommen und sich überzeugen ..." Hanna Rabuske lachte, aber es war ein warmes, fröhliches Lachen. „Ach, Mensch, Herr Zietz, so schnell schießen die Preußen nicht." Sie nahm ihm Lulu ab, die er immer noch fest umschlungen hielt, sah ihr ins Gesicht und gab ihr einen Kuss auf die feucht schimmernde Nase. „Heute geht's nicht mehr, ehrlich nicht", beteuerte sie. „Morgen auch nicht, da sind wir ganz knapp besetzt. Aber übermorgen Abend ..." Georg ließ den Kopf hängen. „Okay", nickte er dann resigniert, „was nicht geht, das geht nicht. Aber darf ich sie morgen Nachmittag wieder abholen? Ich möchte sie meiner Mutter vorstellen ..." Das klang so ernsthaft und aufrichtig, dass sowohl Ellen als auch Hanna sich das Lachen verbissen. „Natürlich, ich trag Sie gleich in die Gassigeherliste ein." Mit einem letzten, innigen Blick in Lulus dunkelbraun glänzende Knopfaugen nahm Georg Abschied von seiner neuen Liebe, und nur Ellens Arm um seine Schultern verhinderte, dass er noch einmal umkehrte und die Zeremonie wiederholte.

Kaum saßen sie im Auto, als Georgs Handy surrte und eine Sms ankündigte. Umständlich nestelte er es aus der Tasche, rief die Nachricht auf und grinste dann über das ganze Gesicht. „Gute Neuigkeiten?", fragte Ellen, die gerade nach rechts in die Hofholzallee einbog. „Hmm ... von Björn", antwortete Georg. „Ich hatte ihm gestern Abend noch gesimst. ‚Tröste mich mit Lulu. Wenn sie auch dich trösten soll, komm nach Hause', hab ich geschrieben." „Und? Was sagt er zu dieser Drohung?" Ellen war gespannt. „Ankomme Freitag, 17.15 Uhr!" Jetzt grinste auch Ellen. „Muss dein Glückstag sein heute", meinte sie. „Hast du noch Zeit für einen Kaffee?"

Sie hatten den Wagen abgestellt und stiegen gerade die Treppen hinauf, als im Erdgeschoss die Tür geöffnet wurde. „... ja, dauert nicht lange!", hörten sie eine Stimme sagen, und dann sahen sie Frau Lauterberg das Haus verlassen. Sie warf sich eine Leinentasche über die Schulter und ging mit großen Schritten die Wörthstraße hinunter.

Ellen sah Georg an. „Komm schnell", flüsterte sie und beeilte sich, die Treppe hinaufzukommen. „Vielleicht geht es jetzt gleich wieder los." Sie warf den Wohnungsschlüssel in die kleine Schale auf dem Flurschrank und war mit wenigen Schritten am Küchenfenster. Leise öffnete sie es und stellte sich lauschend davor. Sie warteten. Alles blieb still.

Nach endlosen Minuten, die sie wie erstarrt am offenen Fenster ausgeharrt hatten, schüttelte Georg den Kopf. „Nee, alles ruhig", sagte er, und Ellen konnte ihm die Erleichterung ansehen. „Ein Glück!" Aufatmend schloss sie das Fenster. „Also, mein Frühstück ist nun wirklich langsam verdaut, mein Magen schreit nach Nachschub. Wie sieht's in dir aus?", fragte sie und riss das Gefrierfach auf. „Viel hab ich nicht zu bieten, aber diese Pizza hier ist echt lecker." Sie hielt ihm eine Champignonpizza entgegen, die er mit einem gequälten Zucken der Mundwinkel quittierte. „Der Hunger treibt's rein", murrte er, öffnete ihren Vorratsschrank, wühlte ein bisschen, schimpfte ein bisschen, räumte ein bisschen - und fing vergnügt pfeifend an, einen Salat aus Mungbohnen, Mais, Bambussprossen, Rauke und Flusskrebsen zuzubereiten, den er in einer süßlich scharfen Cocktailsauce servierte. Dazu tranken sie einen gut gekühlten Riesling, den Georg diesmal unkommentiert ließ, gönnten sich eine große Portion Vanilleeis mit heißen Himbeeren und einen doppelten Espresso zum Abschluss und waren zum zweiten Mal an diesem Tag rundherum satt und zufrieden.

„Ich hab dir noch gar nicht von Dietmar und Sabine erzählt", begann Ellen, als sie Georg den Zucker reichte. „Wieso? Was gibt's Neues vom schönen Dietmar?" Georg horchte auf, und Ellen schilderte ihm möglichst ungeschminkt ihr Erlebnis vom vorangegangenen Abend. „Und dabei hab ich nicht etwa Behauptungen aufgestellt", verteidigte sie sich. „Ich habe in vorsichtigen Worten meine Beobachtungen geschildert, habe - in noch viel vorsichtigeren Worten - angedeutet, welche Schlüsse man daraus ziehen könnte und habe die beiden abschließend lediglich gebeten, Augen und Ohren offen zu halten. Mehr nicht." Sie machte eine Pause und sah wieder Dietmars ausgestreckten Arm vor sich, wie er ihr die Tür wies. „Und dann hat er mich rausgeschmissen, Georg, eiskalt und ohne mit der Wimper zu zucken, weil weder er noch Sabine unter der Lawine begraben werden möchten, die ich im Begriff stehe loszutreten. ‚War das deutlich genug?', hat er gefragt und mich dabei angeblitzt, als hätte ich ihn gerade anpumpen wollen." Georg lachte auf, denn Dietmars Einstellung zum Geld und dessen Verwaltung war oft genug Streitthema zwischen ihnen gewesen. Nicht umsonst war Dietmar innerhalb kürzester Zeit zum Sparkassendirektor aufgestiegen.

„Arme Ellen!" Georg strich ihr mitfühlend über den Arm. „Ich kann mir vorstellen, wie du dich gefühlt hast. Aber du weißt ja, dem Dietmar steht doch ‚Ich halt mich da raus!' auf der Stirn geschrieben ... der mit seinen halbseidenen Halstüchern!" Mit energisch in den Nacken geworfenem Kopf leerte er seine Espressotasse. „Und Sabine hat in ihrem Leben noch keine eigene Meinung gehabt, geschweige denn selbstständig eine Entscheidung getroffen, die kannst du vergessen ..." Er stellte die Tasse ab und rieb sich das Kinn. „Aber da wir gerade beim Thema sind: Bist du zu irgendeinem Entschluss gekommen? Gibt es etwas, das wir tun können, ohne mehr zu schaden als zu nützen?" Mutlos schüttelte sie den Kopf, berichtete ihm von ihren Gesprächen mit Gerti, gestand auch ihre Aktion an der Lauterbergschen Wohnungstür und fügte resigniert hinzu: „Außer vielleicht noch mit Dr. Frantzen zu sprechen und Ludger Simons einzuweihen, fällt mir nichts mehr ein. Abgesehen von der allerletzten Maßnahme, dem Weg zum Jugendamt natürlich." Georg wiegte den Kopf. „Stell dich drauf ein, dass Dr. Frantzen dir eine glasharte Abfuhr erteilt", gab er zu bedenken. „Wie ich ihn einschätze, hält er die ärztliche Schweigepflicht in allen Ehren, der beißt sich eher die Zunge ab als dir etwas zu erzählen. Und Ludger Simons ... hm, ich weiß nicht, aber nach dem zu urteilen, was du mir von ihm erzählt hast, würde ich den vielleicht lieber ganz aus dem Spiel lassen."

Eine Weile saßen sie schweigend da, jeder in Grübelei versunken. Dann fiel Georg etwas ein. „Ich hab doch im Frühjahr bei diesem Skandal um die Pflegefamilie mit so einer netten Dame vom Jugendamt zu tun gehabt, weißt du noch? Himmel, wie hieß die denn noch? Hab ich dir nicht von der erzählt?" Er kratzte sich den Kopf und sah sie herausfordernd an. „Ellen, überleg doch mal, wie hieß die Frau?" Ellen tat, wie ihr geheißen, überlegte, kaute auf ihrer Unterlippe und murmelte: „Doch, du hast mir davon erzählt, von dieser Pflegemutter, die nur aufs Geld aus war und sich ansonsten nicht die Spur gekümmert hat, ja ... aber wie die Sachbearbeiterin vom Jugendamt hieß, mit der du damals zu tun hattest? Es war etwas Gegenständliches, glaube ich ..." Sie grübelten, murmelten Namen vor sich hin, schüttelten die Köpfe und stöhnten, bis Georg sich klatschend die Hand auf den Schenkel schlug: „‚Rosentreter' hieß die, genau!" Ellen strahlte. „Stimmt, das war's! Verrückter Name, oder?"

Ellen ging zum Kühlschrank, verteilte einen kläglichen Rest Apfelsaftschorle auf zwei Gläser und kehrte zurück auf den Balkon. „Und diese nette Frau Rosentreter kann ich doch mal wieder aufsuchen, was meinst du?", fragte Georg scheinheilig. „Irgendeine Art der Recherche wird mir schon einfallen, und dann werde ich sie so ganz nebenbei ein bisschen befragen, wie man am geschicktesten vorgeht, wenn man so einen Verdacht hegt wie wir gerade. Genial, oder?" „Darauf trinken wir", stimmte Ellen zu, und der Klang ihrer Gläser erfüllte sie mit Zuversicht.

XIX. (Mittwochmorgen)

Als sie sich abends, allein auf ihrem Balkon, als Schlummertrunk noch ein Gläschen Riesling gönnte und dann, nachdem der Mond rund und voll aufgegangen war, beobachtete, wie sein blaues Licht jeden Schornstein, jeden Dachfirst, jeden Baum und jedes Blatt mit tiefster Schwärze zu durchdringen schien, fiel die Müdigkeit so plötzlich über sie her, dass sie am liebsten dort auf ihrer klapprigen Liege eingeschlafen wäre. Mit Anstrengung schaffte sie es ins Bad und fiel dann bleischwer ins Bett, das ihr angenehm frisch und kühl erschien. Trotzdem schlief sie schlecht, träumte von Dietmar, der versuchte, die arme Lulu zu ertränken und es schaffte, sich mit seinem seidenen Halstuch zu erdrosseln, als sie selbst ihm in den Arm fiel, um die kleine Hündin zu retten. Am Ufer rannte Sabine hin und her, lupfte immer wieder ihre riesige Sonnenbrille an und ließ sie blöde kichernd wieder fallen, wobei sie ohne Pause, wie eine gesprungene Schallplatte, rezitierte: „War das deutlich genug? War das deutlich genug? War das ..."

Schweißnass erwachte Ellen, rieb sich die Augen und sah auf die Uhr. Halb drei. Sie stand auf, holte sich ein Glas Wasser und trat auf den Balkon. Die Luft war mild, aber feucht. Der Mond war ein ganzes Stück weitergewandert, sein Licht berührte nur noch knapp die gegenüberliegenden Dächer. Es regte sich nichts. Nur direkt unter ihr fiel ein schmaler Lichtstreif in den Hof hinaus, und als sie sich über die Brüstung beugte, meinte sie, leise Musik zu hören. Sie lauschte. Das Licht wie auch die Musik drangen aus der Wohnung der Lauterbergs in die Nacht, aber es waren nicht die hämmernden Bässe und der harte Rhythmus, über die sie schon so manches Mal die Nase gerümpft hatte. Es war eine leise, zarte Melodie, und jetzt meinte sie auch, eine dünne Stimme dazu singen zu hören. Doch ehe sie noch identifizieren konnte, um was für ein Lied es sich handelte, erlosch das Licht und die Stimme verklang. Der Hof lag wieder im Dunkeln. - Sie zog ein paar leichte Socken über ihre mittlerweile kalten Füße, stellte vorsichtshalber ihren Wecker auf sieben Uhr dreißig und rollte sich ächzend zusammen. Mit der Melodie im Ohr schlief sie ein.

Als der Wecker klingelte, war sie schon wach. Sie stellte ihn ab, schwang die Füße aus dem Bett und rieb sich die schmerzenden Kiefergelenke. Also hatte sie wieder mit den Zähnen geknirscht. Na gut, das lag bestimmt am Vollmond, beruhigte sie sich, fuhr sich mit beiden Händen durch die Haare und ging in die Küche. Kaffee! Wie jeden Morgen, so war das auch heute ihr erster Gedanke. Sie blieb stehen, bis die ersten Duftmoleküle ihre Nase umschmeichelten, erst dann ging sie ins Bad. Nie würde sie verstehen, wie jemand direkt aus dem Bett unter die Dusche steigen konnte, ohne einen einzigen Schluck Kaffee genossen zu haben. „Wir müssen von diesem Kaffee wegkommen", hatte im letzten Winter der Heilpraktiker gesagt, der mittels Bioresonanztherapie ihre Migräne behandelt hatte. Sie hatte es versucht, mehrfach und ernsthaft, denn schließlich hatte sie den Erfolg der Behandlung nicht gefährden wollen, doch wann immer sie den morgendlichen Kaffee durch Tee, Milch, Kakao oder sonstige, nicht-koffeinhaltige Getränke ersetzt hatte, hatte spätestens um zehn Uhr die Migräne sie in die Knie gezwungen, und schließlich hatte sie die Therapie abgebrochen. Das Eigenartige war, dass die Migräne sie seitdem zu meiden schien.

Jetzt ließ sie den Kaffee durchlaufen, legte eine Scheibe Vollkornbrot auf den Toaster und verschwand im Bad. Als sie mit geputzten Zähnen und gebürsteten Haaren zurückkam, bestrich sie das Brot großzügig mit Frischkäse und kleckerte von dem Quittengelee drauf, das ihre

Mutter ihr bei ihrem letzten Besuch mitgegeben hatte. Mit dem Kaffeebecher in den Händen ging sie auf den Balkon, um ihre Pflanzen zu begrüßen. Die feuchte Nachtluft schien ihnen allen gefallen zu haben, lediglich ihr Hibiskus schwächelte ein wenig. „Ich weiß, mein Schatz, du brauchst dringend Dünger." Ihre Finger glitten liebkosend über die dunkel glänzenden Blätter und sammelten die zusammengerollten, verblühten Blüten ein. Ellen war nicht davon abzubringen, dass ihre Pflanzen sie verstanden und, mehr noch, das Zwiegespräch mit ihr brauchten wie Wasser und Licht, und der Dschungel, der in jedem Sommer auf ihrem Balkon wogte und wucherte, war Beweis genug für diese Behauptung. Wenn sie den Platz gehabt hätte, hätte sie ohne weiteres in Konkurrenz zu Sabines Dachterrasse treten können.

Um zehn Uhr dreißig hatte sie einen letzten Kontrolltermin bei Dr. Frantzen. Ihr Zeh machte ihr schon seit ein paar Tagen keinerlei Probleme mehr, und unter anderen Umständen hätte sie die Zeit gespart und den Termin einfach abgesagt, aber heute wollte sie etwas von dem Arzt, und sie zitterte ein wenig bei dem Gedanken, dass es mit ihren diplomatischen Fähigkeiten vielleicht nicht weither sein könnte.

Und so musste sie denn auch all ihren Mut zusammennehmen, als sie ihren Socken wieder anzog und Dr. Frantzen sie als geheilt entlassen wollte. „Herr Doktor, ich würde Sie gern noch um einen Rat bitten", begann sie und hatte Angst, rot zu werden. „Ich weiß jetzt nicht, wie ich am geschicktesten anfange ... also, wenn man den Verdacht hätte ... nein, wenn Sie bei einem Kind feststellen würden ... ach, verflixt, ich fall jetzt mit der Tür ins Haus!" Nun war sie wirklich rot geworden, spürte, dass sie feuchte Hände hatte, sah ihn aber offen an. „Seit einiger Zeit habe ich den Verdacht, dass ein Kind in meiner Nachbarschaft, genauer gesagt: ein etwa siebenjähriges Mädchen, vom eigenen Vater missbraucht wird." Sie hatte es ausgesprochen, sie konnte es nicht mehr zurücknehmen. Sie holte tief Luft und wartete auf die Reaktion. Dr. Frantzen legte den Stift, den er in den Händen gedreht hatte, auf die Schreibtischunterlage und lehnte sich in seinem Stuhl zurück. Mit vor dem Bauch gefalteten Händen betrachtete er Ellen aufmerksam.

„Natürlich habe ich keinerlei Beweise", fuhr Ellen fort. „Aber vieles von dem, was ich beobachtet habe, deckt sich mit dem, was ich im Internet zu diesem Thema gefunden habe: Das Kind zieht auch bei sommerlichsten Temperaturen mehrere Schichten Kleidung übereinander, es scheint teilweise total in sich gekehrt zu sein, fast apathisch, es spielt andererseits eindeutig sexualisierte Spiele, brutale Spiele, aber das Schlimmste, das Allerschlimmste sind die Geräusche, die von Zeit zu Zeit aus der Wohnung der Leute dringen, und zwar immer dann, wenn die Mutter das Haus verlassen hat ... das hört sich so furchtbar an ..." Und plötzlich spürte sie, dass ihr die Tränen in die Augen stiegen. Energisch schluckte sie sie hinunter, räusperte sich und sah wieder auf. „Ich will keinen Namen nennen, und mir ist bewusst, dass Sie an die ärztliche Schweigepflicht gebunden sind. Aber ich weiß zufällig auch, dass zumindest die Mutter und dieses Mädchen Patientinnen von Ihnen sind, und deshalb wollte ich Sie fragen ... also, ich meine, bevor ich mich ans Jugendamt wende, was ja die letzte Konsequenz aus so einem Verdacht wäre, wollte ich Sie fragen, ob Ihnen dazu vielleicht spontan eine Familie, ein Fall aus Ihrer Praxis einfällt, ob Sie vielleicht selbst schon ..." „Liebe Frau Cordes", unterbrach Dr. Frantzen sie. „Liebe Frau Cordes, bevor Sie weiterreden: Nein, aus meiner Praxis ist mir kein Fall bekannt, in dem es auch nur die geringsten Indizien für einen Missbrauch geben könnte." Er beugte sich vor, griff wieder nach seinem Stift und sah ihr direkt in die Augen. Seine Miene verriet nicht, was in ihm vorging, Ellen konnte weder Sympathie noch Antipathie, weder Mitgefühl noch Empörung darin lesen.

„Um es vorwegzunehmen, Frau Cordes: Generell begrüße ich es sehr, dass Sie Ihre Nachbarschaft so aufmerksam wahrnehmen, glauben Sie mir. Das ist ja eines der ganz großen Themen unserer heutigen Gesellschaft, Hinsehen oder Wegsehen. Und selbstverständlich haben Sie Recht, gerade wenn Kinder betroffen sind, kann man nicht aufmerksam genug sein. Andererseits aber, und das bitte ich Sie, genau zu bedenken, kann ein einziges vorschnell geäußertes Wort mehr Unheil anrichten, als man sich vorstellen kann. Unheil, das nie wieder gutzumachen ist", fügte er betont hinzu. Sie öffnete den Mund, wollte ihm versichern, dass gerade das ja die Befürchtungen waren, mit denen sie sich schon so lange herumschlug, doch mit einer Handbewegung bat er sie zu schweigen. „Die ärztliche Schweigepflicht würde mir verbieten, einen solchen Verdacht mit Ihnen als meiner Patientin und offensichtlichen Nicht-Angehörigen auch nur andeutungsweise zu diskutieren, das sehen Sie richtig. Trotzdem darf ich Ihnen noch einmal versichern, dass ich aus ärztlicher Sicht keine Veranlassung habe, Ihnen Schützenhilfe zu gewähren. Im Gegenteil: Ich muss Ihnen raten, sich jeden weiteren Schritt gut - sehr gut! - zu überlegen." Damit stand er auf, kam um den Schreibtisch herum und drückte ihr kräftig die Hand. „Alles Gute", sagte er, öffnete die Tür des Sprechzimmers und schob sie hinaus.

Sie trat auf die Straße, geblendet von gleißendem Sonnenlicht. Während sie in ihrer Tasche nach der Sonnenbrille kramte, die sie schließlich zurückgeschoben in ihren Haaren fand, fühlte sie sich elend, geradezu gedemütigt. Wie zu Schulzeiten, wenn man als Petze entlarvt worden war. Dabei war Dr. Frantzen doch völlig neutral geblieben, er hatte sie weder mit Worten noch mit Gesten zurechtgewiesen. Oder doch? Kam seine Warnung, keine Gerüchte in die Welt zu setzen, nicht schon fast einer Zurechtweisung gleich? Ellen warf sich die Tasche über die Schulter und trottete nach Hause. Diesen Tag konnte sie beenden, ehe er richtig begonnen hatte.

Als sie sich wie immer mit dem Rücken gegen die Haustür stemmte, um das schwere Ding aufzudrücken, fiel sie plötzlich ins Leere. Sie fing sich im letzten Moment ab und stand Auge in Auge mit Dietmar, der den Türgriff noch in der Hand hielt. „Hui, das ging ja grad nochmal gut", lachte Ellen in das Schweigen hinein, doch Dietmar nickte ihr nur wortlos zu und verließ das Haus, ohne auf seine betreten im Hintergrund stehende Frau zu achten. Als Sabine Ellens fragenden Blick auf sich gerichtet sah, zuckte sie entschuldigend die Schultern, lächelte ihr hilfloses Lächeln und huschte an Ellen vorbei hinter Dietmar her. Schmatzend fiel die Tür ins Schloss.

Es war kurz nach halbzwölf, als sie, völlig benommen von diesem missglückten Vormittag, an ihrem Küchenfenster stand. Heute Nachmittag - und wie sie ihn einschätzte, würde der spätestens in zwei Stunden beginnen - würde Georg Lulu mit seiner Mutter bekannt machen, das heißt, er war jetzt wahrscheinlich schon so aufgeregt, dass er gar nicht mehr aufnahmefähig für ihre Sorgen und Kümmernisse wäre. Gerti war vermutlich gerade aufgebrochen, um im Schauspielhaus weiter am Bühnenbild für „König Lear" zu arbeiten: Gertis Bühnenbilder waren preisverdächtig und wurden bei keiner Rezension vergessen, schon gar nicht, wenn sie aus Georgs Feder floss. Beides aber bedeutete, dass sie nirgends auf ein offenes Ohr hoffen konnte und sich mindestens bis zum Abend würde gedulden müssen.

Missmutig warf sie sich aufs Sofa, griff nach ihrem Buch und begann zu lesen. Nach wenigen Minuten blätterte sie zurück und begann von neuem. Während ihre Finger mit der Ecke der Seite spielten, jederzeit bereit umzublättern, wanderte ihr Blick immer wieder über das Buch hinweg zu ihrem Computer hinüber. Schließlich stand sie auf, schaltete ihn ein und rief die Homepage der Stadtverwaltung auf. Von Seite zu Seite klickte sie sich durch, bis sie unter dem Titel „Rat und Hilfe rund um das Kindeswohl" auf einen Absatz mit der Überschrift „Hilfe im Gefährdungsfall - Kinderschutz geht alle an!" traf. Aufmerksam las sie von Anfang bis Ende alles durch, nickte, schüttelte den Kopf, schnaufte und kaute an ihrer Unterlippe. Schließlich richtete sie sich auf, verschränkte stöhnend die Hände hinterm Kopf und sagte laut: „Seht ihr, liebe Leute, es ist alles ganz einfach: Mit einem Anruf beim Jugendamt ist alles geritzt ..." Sie wusste, dass das stimmte - aber eben auch wieder nicht. „... darf ich Ihnen noch einmal versichern, dass ich aus ärztlicher Sicht keine Veranlassung habe, Ihnen Schützenhilfe zu gewähren", hörte sie Dr. Frantzen sagen. Sie versuchte, sein Bild heraufzubeschwören und starrte es an. Etwas hatte sich seltsam angefühlt in diesem Moment, hatte da nicht doch ein Hauch von Abwehr in seinem Blick gelegen? Sie sah ihn vor sich, wie er sich wieder vorgebeugt und die Unterarme auf den Schreibtisch gelegt hatte, wie seine Hände nach dem Stift gegriffen und damit gespielt hatten. Sie sah, wie er beim Sprechen den Kopf ein wenig geneigt hielt und wie etwas kurz in seinem Blick aufgeblitzt war, etwas wie ... Sie konnte es nicht benennen, doch ganz plötzlich wurde ihr klar, dass der Arzt von Anfang an gewusst hatte, von welcher Familie und welchem Kind im Besonderen sie gesprochen hatte.

Ellen rieb sich den verspannten Nacken, fuhr den Computer herunter und sah sich um. Sie fühlte sich eingeengt, es fiel ihr schwer, ihre Lungen mit ausreichend Luft zu füllen.

Sie trat auf den Balkon, um die Temperaturen zu testen. Ein Blick auf das Thermometer zeigte ihr ziemlich genau 23 Grad im Schatten, so dass sie wohl einen Fahrradausflug wagen konnte, ohne einen Hitzschlag zu riskieren. Da sie sicher war, dass ihr für den Rest des Tages der Appetit gründlich verdorben war, füllte sie lediglich ihre Wasserflasche, packte Sonnencreme, Portemonnaie und ein Handtuch ein und machte sich auf den Weg. Wo auch immer er sie hinführen mochte.

XX. (Mittwochnachmittag)

Sie fuhr die Geibelallee hinunter und über den Kronshagener Weg in Richtung Hasseldieksdamm. Etwas wie Wehmut hatte sie gepackt, sie spürte das Verlangen, durch die Kleingärten zu fahren und in Erinnerungen an ihre Kindheit zu schwelgen. Sowohl ihr Vater als auch ihr Großvater waren leidenschaftliche Hobby-Gärtner gewesen, von ihnen hatte sie praktisch alles gelernt, was sie heute über Flora und Fauna wusste. Die Stunden und Tage im Garten hatten sie vieles gelehrt, und das praktisch zu jeder Jahreszeit. Im Winter hatte sie zusammen mit ihrem Vater die Vögel an den beiden Futterhäusern und den in Heimarbeit mit ihrer Mutter hergestellten Meisenglocken beobachtet, hatte den Unterschied zwischen Blau- und Kohlmeise, Grünfink und Zeisig, Schwarz- und Wacholderdrossel gelernt, hatte im Frühjahr den Gesang des Zaunkönigs von dem des Rotkehlchens unterscheiden und die verschiedenen Nestbauten den entsprechenden Arten zuordnen können. Im Sommer hatte sie Erdbeeren genascht und sich an den Stachelbeersträuchern die nackten Beine aufgekratzt, war in den Pflaumenbaum geklettert und hatte in der Regentonne gebadet, und im Herbst lernte sie, wie man Rosen richtig zurückschneidet und welche Blumen Frostkeimer oder gar nicht winterfest sind. Nach dem Tod ihres Vaters hatte ihre Mutter den gepachteten Garten zurückgegeben, und obwohl Ellen gar nicht so weit entfernt wohnte, war sie so gut wie nie wieder dort gewesen.

Sobald sie den Hasseldieksdammer Weg überquert hatte und auf das Kleingartengelände eingeschwenkt war, rückte der Straßenlärm in weite Ferne. Die Sonnenwärme staute sich zwischen den mit Hecken eingefassten Wegen, und jetzt, in der Mittagsstunde, schienen sogar die Vögel Siesta zu halten, kaum einer war zu hören. Langsam rollte sie dahin, auf ihrem Fahrradsattel hoch genug sitzend, um über Hecken und Zäune in die Gärten blicken zu können. Sie genoss die Ruhe, die all die gepflegten kleinen Oasen verströmten, genoss die Farbenpracht der Blumenrabatten und Staudenbeete, die säuberlich in Reihen angelegten Gemüsegärten und bewunderte die liebevoll dekorierten Gartenhäuschen, und schließlich stieg sie ab und schob ihr Rad über die schmalen Wege. Oft blieb sie stehen, beobachtete, wie sich das Sonnenlicht in den Tropfen eines hin- und herschwenkenden Rasensprengers brach, amüsierte sich über eine Sammlung von Gartenzwergen jeder Größe und Couleur, genoss das leise Plätschern einer Fontäne in einem Teich und spürte, wie sie innerlich zur Ruhe kam. Ja, das hatte sie gebraucht, jetzt ging es ihr besser.

Als sie sich auf einem der Hauptwege wiederfand, stieg sie auf und fuhr langsam zurück zur Straße. Sie bog nach links ab und überlegte sich, dass sie einen Abstecher ins Gehölz machen könnte, fand sich jedoch plötzlich und ohne, dass sie hätte sagen können, wie sie dorthin gekommen war, vor den Toren des Tierheims Uhlenkrog. Sie zog ihr Handy aus der Tasche und sah auf die Uhr: Es war kurz nach halbdrei, und im Tierheim herrschte reges Treiben. Vielfaches Hundegebell drang aus den Zwingern und dem Freilaufgehege, unterbrochen von hohem Jaulen und menschlichen Rufen. Ellen fragte sich, was sie hierhergeführt hatte, und sie musste sich eingestehen, dass es wohl Hans-Dietrich gewesen war. „Unglaublich!", murmelte sie. „Das kann doch wohl nicht mein Ernst sein ...", doch sie schob ihr Rad aufs Gelände, schloss sorgfältig das Tor hinter sich und machte sich auf den Weg zum Büro. „Hallo, Sie sind also auch wieder da!" Hanna Rabuske steckte den Kopf aus einem der Zwinger zu ihrer Linken und winkte ihr fröhlich zu. „Lulu ist aber schon abgeholt worden", erklärte sie bedauernd, „die ist schon auf dem Weg zu Oma." Sie grinste von einem Ohr zum anderen, und auch Ellen musste lachen bei der Vorstellung, wie Georg Lulu abgeholt und ihr allen Ernstes erzählt hatte, dass sie jetzt zu „Oma" führen. „Das hab ich mir gedacht", antwortete sie. „Georg konnte es bestimmt nicht mehr aushalten und stand schon am Tor, bevor sie überhaupt öffneten, stimmt's?" „Genau", bestätigte Hanna und reichte Ellen, die zu ihr getreten war, die Hand. „Tja, hm, ich weiß eigentlich gar nicht, wieso ich jetzt hergekommen bin", sagte Ellen, schielte aber schon hinüber zu Hans-Dietrichs Zwinger. „Ich hab eine Fahrradtour gemacht, und eh ich mich's versah, stand ich hier vorm Tor. Naja, und da hab ich gedacht, wenn ich schon mal hier bin, kann ich ja auch kurz reinkucken, nicht?" „Na klar", lachte Hanna, „und wenn Sie schon mal hier sind, könnten Sie doch vielleicht auch dem Dieti einen kleinen Besuch abstatten?" „Und ihn vielleicht sogar zu einem kleinen Spaziergang überreden?", fragte Ellen und kniete schon vor Dietis Zwingertür. Der alte Labrador lag schlafend an der hinteren Wand, lang ausgestreckt auf einer dicken Matratze, die Pfote locker auf einem riesigen Kauknochen abgelegt.

„Dieti!" Ellen flüsterte nur, doch die schwarzen Hundeohren fuhren in die Höhe. Jetzt öffnete sich erst ein bernsteinfarbenes Auge, dann das andere, und dann kam Bewegung in den ganzen Hund: Mit allen vier Pfoten wild rudernd, kam Hans-Dietrich auf die Füße, schüttelte sich kurz und kräftig und trabte schwanzwedelnd und fröhlich grinsend zur Tür. „Hey, alter Junge, wie geht es dir?" Mit Hannas Einverständnis hatte Ellen die Zwingertür geöffnet und kniete jetzt auf der reichlich zerkratzten und bekrümelten Matte dahinter. Mit beiden Händen schrubbte sie dem alten Hund die Backen und den Hals, wuschelte ihm die Ohren durch und klopfte ihm sanft die Schultern. Voller Wonne drückte Hans-Dietrich sich mit seinem ganzen Gewicht in Ellens Arme, so dass sie Mühe hatte, die Balance zu halten. „Wie wär's, Dieti, drehen wir eine kleine Runde?" Hanna reichte ihr die Leine, spendierte ihr sogar noch eine Handvoll Leckerlis für den Fall, dass sie mit Bestechung würde arbeiten müssen, und wünschte ihnen viel Spaß. Als sich das große Tor hinter ihnen schloss, fühlte Ellen ein Glucksen in sich aufsteigen, wie sie es schon seit Ewigkeiten nicht mehr gespürt hatte.

Sie überließ Hans-Dietrich die Führung, folgte ihm den Uhlenkrog entlang, um ein paar Ecken und Kurven an einem Tümpel vorbei, über dessen mit Entenflott bedecktem Wasser die Mücken spielten, und schlenderte schließlich gemütlich zwischen Brachflächen und Feldern hindurch. Zwei Lerchen hatten sich hoch in die Lüfte erhoben und lieferten sich über ihr einen Sangeswettstreit, während Hans-Dietrich, dessen lange Leine sie sich einfach umgehängt hatte, um die Hände in die Hosentaschen stecken zu können, auf den Spuren eines Kaninchens schnüffelnd und schwanzwedelnd in einem kleinen Gebüsch verschwand. Ellen hob das Gesicht der Sonne entgegen und atmete den Kiefernduft tief ein, als sie plötzlich umgerissen wurde und mit einem Schreckensschrei im Staub landete. Über sie gebeugt standen zwei Halbwüchsige, beide noch mit einem Bein auf den Pedalen ihrer Fahrräder. Einer von ihnen stieg lässig ab, während der andere genauso lässig mit einem Klappmesser spielte. „So, Oma, und nun rück mal raus, was du so in den Taschen hast", forderte der eine von beiden sie auf, während der andere hämisch auf sie herunter grinste. „Geld, Schmuck, Handy ... wird's bald, Alte?" Ellen kam nicht mehr dazu, irgendetwas zu entgegnen. Direkt hinter den beiden ertönte ein Grollen, so tief und so drohend, dass sich selbst Ellen die Nackenhaare sträubten. Die Jungen fuhren herum - und für einen kurzen Moment erstarrten sie zu Salzsäulen, als sie sich von einem riesigen, pechrabenschwarzen Hund gestellt sahen. Hans-Dietrich verharrte lauernd in geduckter Haltung, sprungbereit, die Vorderbeine gebeugt, das Hinterteil aufs äußerste gespannt in die Höhe gereckt. Er hatte das Nackenfell aufgestellt, die Ohren zurückgelegt und die Zähne gebleckt, und er knurrte, ohne auch nur Luft holen zu müssen, mit kontinuierlich sich steigernder Lautstärke. Kurz bevor er zum Sprung ansetzte, warf der eine Junge sein Rad herum und trat in die Pedale, während der andere das seine als Schutzschild zwischen sich und den Hund stellte und dahinter leise wimmernd Stellung bezog. „Weg hier!", brüllte der erste, während der zweite schon flennte und dabei sabberte wie ein Greis. Hans-Dietrich ging zum Angriff über. Mit einem Satz sprang er den ihm zunächst Stehenden an, der warf ihm sein Fahrrad entgegen, flog herum und rannte um sein Leben. Der andere war bereits in einer Staubwolke verschwunden. Hätte Ellen Hans-Dietrich nicht noch immer an der Leine gehabt, es wäre ihm ein Leichtes gewesen, die beiden zu stellen und übel zuzurichten.

Es dauerte eine Weile, bis sie wieder zu Atem gekommen waren und ihre Herzen zum gewohnten Rhythmus zurückgefunden hatten. Doch kaum, dass sie sich aufgerappelt hatte, untersuchte Ellen auch schon den Hund, der sie so todesmutig beschützt hatte. Schließlich war er mit einem Riesensatz in das Fahrrad gesprungen, er hätte sich die Pfoten oder den Bauch aufschneiden können am Metall des Rades, doch er war unverletzt, lediglich eine seiner Krallen war abgerissen, was ihn aber nicht weiter zu bekümmern schien. Ellen umarmte ihn, lobte ihn, streichelte ihn und fütterte ihn mit Leckerlis, bis sie sich stark genug fühlten, den Rückweg anzutreten. Das liegengebliebene Rad des Jungen hatte sie vom Weg geräumt und in den Graben geworfen, doch nicht ohne triumphierend die Luft aus den Reifen zu lassen und die Ventile herauszuziehen: Sollte der Bengel es doch nach Hause tragen!

Im Tierheim angekommen, wurde Hanna gleich aufmerksam, denn Ellen sah ein wenig ramponiert aus: Staubig und verschwitzt, mit Grashalmen im Haar und einer dicken Schramme am Ellenbogen. „Das war doch nicht etwa der alte Dieti?", fragte Hanna entsetzt und zeigte auf Ellens Blessuren. „Um Himmels willen, nein! Ohne den alten Dieti sähe ich wahrscheinlich noch viel schlimmer aus", antwortete Ellen und schilderte den Vorfall in allen Einzelheiten. „Wir müssen die Polizei einschalten", bestimmte Hanna. „Sowas geht nicht mehr als Kavaliersdelikt durch." Ellen hatte zwar nicht die geringste Lust, jetzt zum Polizeirevier zu fahren, sah aber ein, dass es sein musste. Noch einmal bedankte sie sich bei Hans-Dietrich für seinen Einsatz, und sie kam sich fast vor wie Georg, als sie ihn ein ums andere Mal herzte und drückte und sich schwer tat, ihn in seinen Zwinger gehen zu lassen. Auch Hans-Dietrich schien nicht geneigt, sich schon von Ellen zu trennen, denn als Hanna die Tür hinter ihr schloss, legte er den Kopf in den Nacken und heulte zum Steinerweichen.

„Ich komm ja wieder", tröstete Ellen ihn und stutzte. „Hab ich das grad wirklich gesagt?", fragte sie Hanna, die sich schief lachte. „Ich glaub, mich hat's erwischt", staunte Ellen und grinste. „Schön, oder?"

Die nächstgelegene Polizeidienststelle war die in der Spreeallee, und Ellen hatte Glück: Es herrschte gerade Flaute, einer der diensthabenden Beamten beendete im Moment ein Telefonat und wandte sich ihr zu, und nachdem sie ihm in Stichworten geschildert hatte, weshalb sie gekommen war, konnte sie ihre Anzeige ohne lange Warterei aufgeben. Sie beantwortete alle Fragen zur Person, beschrieb den Tathergang und die Jungen, erklärte, wo die Beamten das zurückgelassene Rad finden könnten und lieferte die Ventile dazu ab. Schnell hatte sie die Jugendlichen aus einer Reihe von Fotos identifiziert, und als sie das Protokoll mit ihrer Unterschrift bestätigte, sagte der Polizist: „Mensch, Frau Cordes, das hätte auch schlimmer ausgehen können, die beiden sind uns hinreichend bekannt und nicht zu unterschätzen." „Da sei Dieti vor!", antwortete Ellen heftig. „Wer in aller Welt ist Dieti?", fragte der Polizist verblüfft, und sie strahlte ihn an: „Mein Hund!"

Sie verabschiedete sich lachend, wandte sich zur Tür und stand direkt vor einem an der Wand angebrachten Schaukasten:

Darin hingen zwei Plakate des Opferschutzbundes „Weißer Ring" mit dem Titel „Neue Aufklärungsaktion mit PIXI-Heften". Das erste zeigte ein kleines Mädchen im Badeanzug und mit Schleife im Haar, das am Strand seine Sandburgen mit Muscheln verziert. Im Hintergrund steht ein freundlich lächelnder Mann mit einer Kamera am Handgelenk, den Blick aufmerksam auf die Kleine gerichtet. „Lena sagt Nein" stand oben drüber. Über dem zweiten Plakat, auf dem eine Gruppe von vier Jungen zu sehen war, die mit ihrem Hund durch eine Wiesenlandschaft läuft und von einem schwarzen Mann im Hintergrund beobachtet wird, stand „Ben sagt Nein". Die Botschaft dieser PIXI-Heftchen, die laut Begleittext an drei- bis sechsjährige Kinder verteilt wurden, lautete: „Mein Körper gehört mir. Ich bestimme selbst, wer mir nahe kommen, wer mich anfassen darf und wer nicht."

Ellen stand wie vom Donner gerührt. ‚Es gibt keinen Zufall!' Wie oft hatte sie sich über Gertis vehement geäußerte Überzeugung amüsiert, jetzt war es das einzige, was sie denken konnte. Hinter ihr sagte der freundliche Polizist: „Schlimm, dass es solche Plakate geben muss, nicht?" Sie nickte stumm, dann drehte sie sich zu ihm um. „Sagen Sie ...", sie schluckte trocken und rang für den Bruchteil einer Sekunde mit sich, ob sie diesen Schritt wirklich tun sollte. Dann trat sie wieder an den Tresen heran, sah dem Beamten fest in die Augen und sagte mit gepresster Stimme, doch ganz ruhig: „Ich empfinde diese Plakate jetzt gerade als Wink des Schicksals, wissen Sie? Denn seit Tagen, eigentlich schon seit Wochen ringe ich mit mir und weiß nicht, wie ich mich verhalten soll. Ich habe den Verdacht, dass in meiner Nachbarschaft ein kleines Mädchen vom eigenen Vater missbraucht wird, aber es ist eben nur ein Verdacht, und ich fürchte mich davor, das Falsche zu tun ..." Leise, aber entschlossen schilderte sie ihm alles, was sie beobachtet, recherchiert und zusammengetragen hatte, legte ihm ihre Überlegungen und Bedenken dar und malte ihm aus, was sie anrichten würde, falls sie sich lediglich in etwas hineingesteigert hätte und mit ihrem Verdacht gänzlich daneben läge.

Lange ließ der Polizist seinen Blick auf ihr ruhen. Es war ein freundlicher, verständnisvoller Blick, der ihr sagte, dass er um ihr Dilemma wusste. „Trotz aller Bedenken und Skrupel möchte ich Ihnen dringend raten, sich vertrauensvoll ans Jugendamt zu wenden, Frau Cordes.

Das ist eine Sache, die in kompetente Hände gehört, mit der werden Sie allein nicht fertig. Die Mitarbeiter dort sind geschult, die sind ausgebildet für solche Situationen und gehen professionell damit um, glauben Sie mir. Die wissen Zeichen zu deuten, die stellen ihre eigenen Recherchen an und greifen gezielt wirklich ein, wenn es nötig ist, jedenfalls bestimmt nicht einfach nach Lust und Laune oder etwa auf eine hingeworfene Äußerung hin. Aber natürlich müssen sie zunächst einmal informiert sein, um handeln zu können, und dafür brauchen wir Menschen wie Sie, Menschen, die mit offenen Augen und Ohren durch die Welt gehen. Und Ihr Name erscheint dort nicht, wenn Sie es nicht wollen, darauf gebe ich Ihnen mein Wort", versicherte er ihr und lächelte beruhigend. Mutlos ließ sie die Schultern hängen. „Ich werd's mir überlegen", antwortete sie. „Im Moment weiß ich grad nicht, was ich überhaupt noch denken soll ...", und dann spürte sie, wie ihr zum zweiten Mal an diesem Tag die Tränen in die Augen schossen. Schnell nickte sie ihm zu und wandte sich zum Gehen. „Warten Sie nicht zu lange", sagte er leise, als sie die Hand nach der Türklinke ausstreckte.

XXI. (immer noch Mittwoch)

Als sie zwanzig Minuten später nach Hause kam, fiel schlagartig die Anspannung dieses Nachmittags von ihr ab, sie fühlte sich müde und zerschlagen. Zwar war sie nie ein großer Freund von Vollbädern gewesen, doch jetzt hatte sie das Bedürfnis, sich ganz zurückziehen und entspannen zu müssen, und das jedenfalls konnte man doch in der Badewanne. Sie ließ das Wasser einlaufen, fand im Schrank noch eine halbleere Flasche Badeschaum, von dem sie einen großzügigen Schuss hinzufügte, gönnte sich den letzten Piccolo Sekt aus dem Kühlschrank und nahm das Telefon mit. Denn inzwischen war es nach sechs Uhr, und da Georg seine Lulu bis 17.00 Uhr wieder ins Tierheim hatte zurückbringen müssen, rechnete sie stark damit, dass er über kurz oder lang anrufen und ihr von seinem Nachmittag erzählen würde.

Mit geschlossenen Augen lag sie da. Wann immer die Bilder der Jungen auftauchten, wie sie sie sich über sie beugten und sie hämisch angrinsten, zwang sie sich, sie mit dem Bild von Hans-Dietrich zu überdecken, wie er in Angriffshaltung hinter den beiden gestanden hatte, wie er die Zähne gebleckt und gefährlich grollend die Bürste aufgestellt hatte, und wie er zum Sprung angesetzt und sie gerettet hatte. Irgendwann, nachdem sie den halben Piccolo bereits geleert hatte, sah sie nur noch sich und Dieti mitten auf dem staubigen Weg zwischen den Feldern hocken, wie sie ihn umarmte und untersuchte und er ihr tröstend das Gesicht leckte. Und als das Sektglas leer war, kreisten ihre Gedanken um ein Leben mit Dieti, wie sie ihn mit ins Büro nehmen und mit ihm spazieren gehen würde, wie er sich freuen würde, wenn sie nach Hause käme und wie sie mit Georg und Lulu zusammen schwimmen gehen würden. Ach ja...

Georg rief nicht an, er stand plötzlich vor ihrer Tür. Strahlend lehnte er sich an die Wand, schwenkte einen Einkaufskorb und sagte: „Du hast heute den ganzen Tag noch nichts Anständiges gegessen, stimmt's?" Ellen war noch im Bademantel, ein Handtuch um die nassen Haare geschlungen, doch mit einer einladenden Geste bat sie ihn herein. „Mi casa es tu casa", sagte sie, wies in die Küche und verschwand in ihrem Schlafzimmer. Während sie sich anzog, hörte sie ihn mit Geschirr klappern und dazu fröhlich pfeifen, und plötzlich war sie dankbar dafür, dass er schwul und die Freundschaft mit ihm so herrlich unkompliziert war.

Frisch gebadet, aber ungeschminkt, saß sie schließlich am Küchentisch und sah zu, wie sein Messer in schwindelerregendem Tempo Frühlingszwiebeln, Austernpilze, braune Champignons und Shitake-Pilze zerkleinerte, zwei Knoblauchzehen platt drückte und alles in die heiße Pfanne schob, wie er eine Melone in Schiffchen schnitt, um sie mit Serrano-Schinken und Blatt und Blüte der Kapuzinerkresse von ihrem Balkon zu garnieren, wie er die Pilzpfanne mit Noilly Prat ablöschte und einen Hauch Crème fraîche zufügte, dann Ruccola wusch, Orangen filettierte und Mandelblättchen röstete, schließlich ein Kräuteromelette aus der Pfanne hob und das Baguette aus dem Ofen holte, alles vor ihren staunenden Augen aufbaute und sie einlud: „Voilà! Greifen Sie zu, Madame." Dazu kredenzte er einen trockenen Rotwein und die Schilderung seines Nachmittags mit Lulu und Mutter Zietz.

„... und dann nahmen wir tränenreichen Abschied", endete er, und wirklich schimmerten seine Augen feucht. „Aber morgen Abend kommt Frau Neumann, die Leiterin des Tierheims, und macht die Vorkontrolle bei mir, und dann ..." „Bei mir auch", warf Ellen ein und wartete gespannt auf die Wirkung ihrer Worte. Georgs Gabel blieb auf halbem Weg zum Mund stehen. „Bitte?", fragte er verständnislos und ließ die Gabel wieder sinken. „Wieso macht sie bei dir Vorkontrolle? Ich meine, für die paar Mal, die du vielleicht Lulu hüten wirst, muss sie doch nicht gleich ..." Ellens Grinsen reichte von einem Ohr zum anderen, doch sie schwieg eisern. „Versteh ich nicht", Georg schüttelte den Kopf. „Davon haben die überhaupt nichts gesagt. Wieso muss man denn jetzt sogar schon eventuelle Hundesitter vorkontrollieren lassen? Steht das im Vertrag? Also, irgendwie fände ich das ja ein bisschen übertrie..." Ein Blick auf die hinter vorgehaltener Hand glucksende Ellen ließ ihn verstummen. „Hättest du vielleicht die Güte, mich mal aufzuklären?" Georgs Stimme hatte einen etwas ungnädigen Unterton. „Was gibt's denn dabei eigentlich zu lachen?" Jetzt konnte Ellen nicht mehr an sich halten. „Sie kontrolliert mich doch nicht Lulus wegen, du Döspaddel!", prustete sie. „Ich möchte Dieti adoptieren!" Und nachdem sie ihre Gläser erhoben und schwungvoll angestoßen hatten, erzählte auch sie ihm von den Erlebnissen ihres Nachmittags und ihrem Wunsch, Dieti bei sich aufzunehmen.

Es fing an zu dämmern, als sie den Abwasch erledigt, die Küche wieder aufgeräumt und es sich mit einem Espresso auf dem Balkon gemütlich gemacht hatten. Der Mond hatte einen rötlich schimmernden Hof, was dem Abend etwas Mystisches gab. „Ich hab heute morgen übrigens mit Dr. Frantzen gesprochen", sagte Ellen mit gedämpfter Stimme und berichtete Georg von der Unterredung in der Praxis. „Es war nicht nur, dass er sich auf seine ärztliche Schweigepflicht berief", sagte sie nachdenklich. „Da war noch etwas anderes, irgendein Vorbehalt... Weißt du, im Nachhinein hatte ich den Eindruck, als hätte er von Anfang an gewusst, von wem ich sprach." „Hm, kann doch sein", meinte Georg und gähnte hinter vorgehaltener Hand. „Schließlich sind wir alle hier aus der Umgebung seine Patienten, er weiß, wo du wohnst und kann sich alles weitere zusammenreimen. Und wenn du das Mädchen geschildert hast, die ausgeschlagenen Vorderzähne, die Blasenentzündung, die merkwürdigen Klamotten - dann hat er eins und eins zusammengezählt und wusste, von wem du sprichst." „Ja, aber wenn er das so genau wusste und mich trotzdem gewarnt hat, etwas zu unternehmen, Georg, heißt das dann nicht auch, dass er weiß, wirklich genau weiß, dass man in diesem Fall nichts zu tun braucht? Können wir davon nicht ausgehen?"

Und während Georg noch versuchte, sich das Für und Wider dieser Schlussfolgerung klarzumachen, hörten sie es wieder - zunächst leise und mit Pausen, dann immer lauter, immer kläglicher, immer jammervoller. Ellen stopfte sich die Finger in die Ohren und ließ den Tränen freien Lauf.

XXII. (Donnerstag)

Angesichts von Ellens Verwirrung und Mutlosigkeit hatte Georg versprochen, gleich am nächsten Vormittag Kontakt zu der Sachbearbeiterin im Jugendamt aufzunehmen. „Keine Sorge", hatte er versichert, „ich werde sehr diplomatisch vorgehen. Ich glaube, ich weiß auch schon wie..." Bevor er ging, hatte er Ellens gesamten Vorratsschrank um- und umgegraben, um dann schließlich triumphierend hervorzuzaubern, wonach er gesucht hatte: einen Beruhigungstee aus Melisse, Hopfen, Lavendel und Passionsblume. „Allerbeste Vorkriegsware!", hatte Georg verkündet, nachdem er die Angaben auf der Packung studiert hatte. „Aber besser als nichts." Liebevoll hatte er ihr eine ganze Kanne voll aufgebrüht und ihr das Versprechen abgenommen, mindestens zwei, besser noch drei Tassen davon zu trinken. „Und du meinst, wenn ich alle halbe Stunde auf die Toilette muss, kann ich besonders gut schlafen?", hatte sie kritisiert, doch er hatte sie ignoriert. „Ich ruf dich an, sobald ich mit der guten Frau Rosentreter gesprochen habe, ich versprech's dir." Er hatte ihren Kopf in beide Hände genommen, ihr großväterlich einen Kuss auf den Scheitel gehaucht und war entschwunden. Zwei Minuten später hörte sie ihn leise pfeifend über den dunklen Hof schlurfen.

Sie hatte tatsächlich erstaunlich gut geschlafen und war voller Tatendrang erwacht. Nachdem sie den Rest des abgestandenen Tees weggegossen und ein kleines Frühstück zu sich genommen hatte, machte sie sich daran, ihre Dieti-Einkaufsliste zu erstellen. Der Gedanke, dass man ihr den Hund aufgrund der Vorkontrolle verweigern könnte, kam ihr gar nicht in den Sinn.

Natürlich musste sie zunächst wissen, welche Art von Futter der alte Dieti gewohnt war, denn aus den Erfahrungen einer Freundin hatte sie gelernt, dass Hundebäuche sehr empfindlich auf Abweichungen vom Gewohnten reagieren können. Aber mit gekochtem Huhn, Reis und Möhren konnte sie bestimmt nichts verkehrt machen, und sie beschloss, einen kleinen Vorrat selbst zu kochen, wenn sie im Fachhandel nichts Entsprechendes fände. Außerdem brauchte Dieti ein Körbchen, besser gesagt: einen schönen großen Korb, einen Ball, ein paar Kauknochen und Knabberstangen, ein Wasser- und ein Futternapf und ein Geschirr, denn die Vorstellung, mittels Halsband und Leine Druck auf Dietis Kehlkopf ausüben zu müssen, verursachte ihr körperliches Unbehagen. Ach ja, und natürlich ein bis zwei Kuscheltiere, damit er sich nicht so allein fühlte, wenn sie mal ohne ihn das Haus verlassen müsste.

Dieser Gedanke erinnerte sie daran, dass sie ihren Chef vorwarnen müsste. Da auch er sich noch im Urlaub befand, schrieb sie ihm einen Zweizeiler per Email: „Lieber Chef, ich möchte Sie schonend drauf vorbereiten, dass ich in Zukunft nicht mehr allein ins Büro kommen werde. Nein, ich bin NICHT schwanger! Ich adoptiere gerade einen Labrador (= großer schwarzer, aber total lieber Hund!). Zu meinen Füßen ist Platz genug. - Einen schönen Resturlaub wünscht Ihnen Ellen Cordes."

Nachdem das erledigt war, kontrollierte sie ihr Bargeld, stellte fest, dass sie dringend zur Bank musste und hatte gerade die Türklinke in der Hand, als das Telefon klingelte. „Ellen, Liebchen, ich komme gerade vom Jugendamt", schnaufte Georg und warf seine Schlüssel scheppernd in die Blechschublade seines Schreibtisches. Ellen zuckte zusammen und hielt den Hörer auf Abstand. „Hörst du mich, Ellen?", brüllte Georg. „Ich komme gerade...." „Ja, Georg, ja! Bitte, mach nicht so einen entsetzlichen Krach." „Hast du einen Kater? Doch nicht etwa von meinem Rotwein?" Georg war empört. „Nein, ich habe keinen Kater, ich kann es nur nicht leiden, wenn du beim Telefonieren deine Schlüssel in diese Blechschublade klirren lässt!"

Einen Moment lang schien Georg zu überlegen, ob er jetzt beleidigt sein sollte. Dann besann er sich jedoch und sagte sanft: „Okay, Liebchen, hast du Zeit? Willst du's hören?" Ellen hatte die Wohnungstür bereits wieder geschlossen und war in die Küche zurückgekehrt. Mit dem Telefon am Ohr, schenkte sie sich den Rest ihres noch fast warmen Kaffees ein und sagte: „Na, hör mal - natürlich will ich's hören!" Und Georg legte los: „Also, ich hab's ziemlich geschickt angefangen, glaub ich. Ich hab ihr - also der Rosentreter - erzählt, dass wir im Hinblick auf die sich doch in letzter Zeit landauf landab häufenden Fälle von Kindesmisshandlungen, Vernachlässigung und Missbrauch einen Beitrag planen, in dem wir unsere Leser informieren wollen a) darüber, worauf sie achten und reagieren sollten, b) darüber, an wen sie sich im Verdachtsfalle wenden bzw. wo sie sich Rat und Hilfe holen können und c) wie sich dann das weitere Procedere gestaltet, will sagen: wer macht dann was? - Und soll ich dir was sagen? Ich glaube, den Artikel schreib ich wirklich!" Er kicherte und wechselte den Hörer von einem Ohr zum anderen.

„Naja, anfangs hatte sie wohl den Verdacht, dass ich diesen Artikel nutzen wolle, um das Jugendamt und seine Versäumnisse vorzuführen und vielleicht sogar reinzureißen. Sie fing jedenfalls gleich an, eine große Rechtfertigungs- und Verteidigungsrede zu schwingen, und ich hatte meine liebe Not, sie zu bremsen. Aber glücklicherweise gelang es mir, sie zu besänftigen, und ich fing an, ihr unseren Verdacht zu schildern, natürlich immer unter der Prämisse eines imaginären Falles. ‚Nehmen wir mal an, dass ...‘, sagte ich zum Beispiel, oder ‚es wäre ja vielleicht auch vorstellbar, dass ...‘, und so machte ich sie nach und nach mit einigen deiner Beobachtungen vertraut."

Ellen hatte Herzklopfen, und sie merkte, wie ihre Hand das Telefon umklammerte. Sie lehnte sich zurück, lockerte den Griff und fragte so ruhig wie möglich: „Und? Was würde sie in so einem ‚angenommenen‘ Fall für ein Procedere empfehlen?" „Auf jeden Fall das Jugendamt einzuschalten!", antwortete Georg, und Ellens Herz verstolperte sich.

„Also, prinzipiell kann und darf sich jeder ans Jugendamt wenden, der so einen Verdacht hat. Fachkräfte in der Jugendsozialarbeit wie Erzieher und Erzieherinnen, Lehrer, Sozialarbeiter usw. sind sogar verpflichtet, solche Verdachtsfälle beim Jugendamt zur Anzeige zu bringen. Die Sozialarbeiter des Jugendamtes sind wiederum verpflichtet, solchen Hinweisen nachzugehen und sich weitere Informationen zur Klärung des Verdachts zu beschaffen. Das heißt, sie forschen im Umfeld des Kindes, in der Kita, in der Schule, in der Nachbarschaft, ggf. auch in der Familie, obwohl ja eben in der Vielzahl der Fälle der Täter gerade im familiären Umfeld zu suchen, besser gesagt: zu finden ist. Dabei wird dann geprüft, ob das betreffende Kind aus der Familie herausgenommen und in Obhut genommen werden muss. Notfalls holt das Jugendamt sich Unterstützung bei der Polizei oder beim Sozialpsychiatrischen Dienst oder beim Familiengericht. Auch das Jugendamt behandelt solche Hinweise anonym, wie der Polizist es dir ja auch schon bestätigt hat.

Abschließend hat sie mich gebeten, unseren Lesern zu versichern, dass das Jugendamt nur und ausschließlich zum Wohle der Kinder und Jugendlichen handelt und entscheidet, dass es dabei natürlich auf Kompetenz und Umsicht seiner Mitarbeiter vertraut und angewiesen ist, aber auch auf die Mithilfe verantwortungsbewusster Bürger und Bürgerinnen, denen das Wohl unserer Kinder am Herzen liegt und die hinsehen und nicht wegsehen."

Georg schwieg. Ellen auch. Sie hatte die Stirn in die Hand gestützt und die Augen geschlossen. „Ellen?" Sie war zu keiner Antwort fähig, schüttelte nur wortlos den Kopf. „Ellen, Liebchen, ich weiß, wie dir zumute ist. Mir geht's ja nicht anders. Aber bei aller Grübelei versuch bitte, eines nicht aus den Augen zu verlieren: Wir wollen nicht aus lauter Jux und Tollerei eine Familie zerstören, Ellen, wir wollen einem Kind in Not helfen. Okay?" „Okay", seufzte sie. „Und ... danke, Georg." „Ich drück dich", sagte er leise und legte auf.

Eine Weile saß sie am Tisch, ohne etwas zu denken. Sie spürte diesem Gespinst aus Argumenten und Gegenargumenten nach, das sich in ihrem Innern zu einem unentwirrbaren Knäuel verdichtet zu haben schien, und wartete darauf, dass sich etwas lösen und an die Oberfläche treiben sollte. Die Erfahrung hatte sie gelehrt, dass sie ihre besten Entscheidungen nicht nach endlosen Stunden des Grübelns traf, sondern aufgrund einer spontanen Eingebung, die die Lösung plötzlich aus den Tiefen ihres Ichs hatte auftauchen lassen wie einen Korken, der aus der Schwärze eines Brunnens herausschießt, um dann für jedermann sichtbar auf der Oberfläche zu dümpeln. Doch diesmal wartete sie vergebens.

Die Rathausuhr schlug elfmal. Der ferne Klang drang nur zögernd zu ihr durch, doch schließlich setzte sie sich auf, warf die Haare zurück und befahl sich, sich auf Dieti und die Besorgungen für ihn zu konzentrieren. Im Hinausgehen warf sie einen Blick in den Spiegel, schnappte sich die Schlüssel und ließ die Tür hinter sich ins Schloss fallen.

Sie fuhr nicht in die Innenstadt, sondern ins „Dorf", wie Georg es nannte, weil sie sicher sein konnte, dort einen Parkplatz in erreichbarer Nähe zu finden. Den Korb für einen so großen Hund wie Hans-Dietrich hätte sie ungern weiter als unbedingt nötig geschleppt. Außerdem hatte sie die Absicht, bei dieser Gelegenheit gleich dem Friseur einen Besuch abzustatten. Wenn sie schon nicht gut erholt und braun gebrannt ins Büro zurückkehrte, dann jedenfalls mit einem anständigen Haarschnitt.

Ihr Einkauf in der Tierfutterhandlung dauerte erheblich länger als geplant. Staunend wie ein Kind zu Weihnachten hatte sie vor den endlosen Regalen voller Nass- und Trockenfutter gestanden, hatte Fleisch-, Fisch- und Gemüsesorten verglichen, Angaben über Fette und Proteine studiert, sich über die Vorzüge von „Low Natrium" oder „Renal Diet" informiert, endlose Listen von Zusatz- und Begleitstoffen gelesen und sich schließlich für zwei Packungen Hühnerfleisch aus der Tiefkühltruhe entschieden. Eingedenk von Dietis Alter wählte sie als Nassfutter zwei Dosen „Senior-Menü" und sah sich nach einigermaßen mürben Leckerlis für unterwegs um. Nachdem sie in einem der größten Hundekörbe Probeliegen gemacht und sich ein zusätzliches Kissen dafür erbeten hatte, fehlten noch ein paar Knabberstangen, der Ball und die Kuscheltiere. „Nein, rosa mögen wir nicht", hatte sie das junge Mädchen belehrt, das ihr bei der Auswahl behilflich sein wollte. „Hunde können nur blau und gelb erkennen, glaube ich, also nehmen wir den blauen Plüschball und das gelbe Monster hier", erklärte sie und drückte beides dem Mädchen in den Arm. „Ach ja, und dieses gelbe Quietscheentchen auch noch, bitte." Das Entchen war für Lulu bestimmt, und Ellen wusste, dass das eine echte Gemeinheit war. Wenn sie sich vorstellte, mit welcher Energie und Ausdauer die kleine Terrierdame dieses schrill und nervtötend quietschende Monster durch Georgs Wohnung wirbeln würde... naja, er wäre ja wohl Manns genug, es beizeiten zu konfiszieren. Sie hatte sich schon in die Schlange an der Kasse eingereiht, als ihr einfiel, dass sie das Wichtigste vergessen hatte: Geschirr und Leine. Also scherte sie wieder aus und verbrachte die nächsten zwanzig Minuten damit, ein rotbuntes, weich abgefüttertes Geschirr mit dazu passender, acht Meter langer Breitband-Ausziehleine zu erwerben. Als sie schließlich alle Einkäufe im Kofferraum ihres Wagens untergebracht hatte, war sie hochzufrieden mit sich und voller Vorfreude auf den Abend, wenn Frau Neumann zur Vorkontrolle kommen würde. Ellen hoffte inständig, dass sie morgen mit Georg zusammen zum Tierheim fahren und beide Hunde abholen durfte.

Beschwingten Fußes betrat sie das Friseurgeschäft und überließ sich eine halbe Stunde später den geschickten Händen von Katja, die aus Ellens rotblondem Schopf ohne lange zu fragen einen pfiffigen Stufenschnitt zauberte, den sie praktisch nur aufzuschütteln brauchte, um ihn in Form zu bringen. Ellen war so gut drauf, dass Katjas Trinkgeld fast ein wenig übertrieben ausfiel.

Frau Neumann war pünktlich. Ellen hatte sie auf den angenehm schattigen Balkon geführt und auf ihren Wunsch hin ein Glas kühles Wasser serviert, als sie plötzlich eine Idee hatte: „Was halten Sie davon, wenn wir Herrn Zietz herüberbitten? Er wohnt ja genau gegenüber und kann in zwei Minuten hier sein." „Na, das wär ja wunderbar!", freute sich Frau Neumann. „Das spart mir viel Zeit und ich brauche alle Fragen nur einmal zu stellen. Nur die Örtlichkeiten bei Herrn Zietz müsste ich dann nachher noch in Augenschein nehmen." „Das kriegen wir hin", sagte Ellen, die bereits zum Telefon gegriffen hatte.

Georg war so aufgeregt, dass er Ellens neue Frisur keines Blickes würdigte, als er Frau Neumann gegenüber Platz nahm. „Schießen Sie los!", forderte er sie ungeduldig auf. „Ich will Ihnen zeigen, in was für ein tolles Zuhause mein Hund kommt." Die Tierheimleiterin lachte vergnügt, reichte ihnen beiden einen Fragebogen und bat sie, die Zeilen für Namen, Adressen etc. auszufüllen. Dann legte sie beide Bögen vor sich auf den Tisch und begann mit der Befragung bezüglich Anzahl der im Haushalt lebenden Personen, Kinder, Angehörigen und weiterer Tiere. Eine Frage, die Ellen am Nachmittag noch einen gehörigen Schrecken versetzt hatte, war die nach der Genehmigung des Vermieters zur Hundehaltung. In Panik hatte sie ihren Mietvertrag herausgekramt und den Passus gesucht, der diese Frage klärte. Ihre Erleichterung war unbeschreiblich gewesen, als sie las, dass „das Halten eines Haustieres erlaubt ist, solange der Mieter dafür Sorge trägt, dass dadurch weder das Eigentum des Vermieters (hier: die Wohnung) Schaden nimmt noch sich Nachbarn des Mieters in irgendeiner Form gestört oder belästigt fühlen. Im Falle einer Zuwiderhandlung ist der Vermieter berechtigt, auf der Abschaffung des Tieres zu bestehen." Frau Neumann machte die entsprechenden Eintragungen, dann fuhr sie fort: „Wer betreut den Hund tagsüber?" „Ich!", antworteten Ellen und Georg einstimmig. „Wer versorgt den Hund bei Krankheit oder Notlage?" „Er!" „Sie!" Die zukünftigen Adoptiveltern amüsierten sich königlich, als sie sich bei dieser Frage gegenseitig benannten. Die Frage nach dem zukünftigen Schlafplatz des Hundes rief bei beiden verlegenes Grinsen und ausweichende Antworten hervor, doch Frau Neumann machte diesen Job lange genug, um zu wissen, was es bedeutete. „Also schreiben wir mal ‚Körbchen'", sagte sie gutmütig. „Welches Körbchen damit gemeint ist und wo es letztendlich steht, ist dann Ihre Sache."

Die Befragung endete in einer gemütlichen Klönrunde, in deren Verlauf sie vieles aus der Tierschutzarbeit erfuhren, Georg von all den Hunden erzählte, die sein Leben schon bereichert hatten und Ellen Dieti als ihren Helden und Lebensretter vorstellte. Schließlich bat Frau Neumann noch darum, ihre Wohnungen ein wenig genauer besichtigen zu dürfen und verabschiedete sich mit dem Versprechen, dass beide Hunde im Laufe des nächsten Vormittags aus dem Tierheim „nach Hause" geholt werden dürften. Als sich die Tür hinter ihr geschlossen hatte, fielen Ellen und Georg sich in die Arme und tanzten jubelnd durch den Flur. Atemlos hielten sie schließlich inne, und Ellen sagte: „So, Lulu-Papa, und nun lade ich dich zum Essen ein. Aber beim Griechen, weder bei dir noch bei mir zuhause. Ich möchte einfach mal einen Abend verbringen, an dem ich nicht jederzeit mit schrecklichen Geräuschen rechnen muss..."

„Unsere armen, armen Hunde", seufzte Georg drei Stunden später, als sie die Eckernförder Straße entlang nach Hause schlenderten. „Bitte?" Ellen blieb stehen und sah ihn verdutzt an. „Wir holen sie aus dem Tierheim und geben ihnen ein neues Zuhause - und du nennst sie ‚arm'? Das versteh ich nicht." „Naja", Georg wickelte sich spielerisch um einen Laternenpfahl, „überleg doch mal, was wir beiden heute Abend so alles verspeist haben. Was meinst du wohl, wie wir morgen nach Knoblauch stinken werden ... besonders du mit deiner Extra-Portion Tsatsiki, und besonders für so empfindliche Hundenasen." Er grinste und gab zu, ein ganz klein wenig beschwipst zu sein. „Aber lecker war's!", bekräftigte er und leckte sich die Lippen. „Richtig lecker..."

Zuhause angekommen, trennten sie sich im unteren Flur von Ellens Haus: Ellen musste nur noch die Treppe nach oben hinaufsteigen, Georg seinen Weg durch den Keller und quer über den Hof finden. „Wann treffen wir uns morgen?", fragte Ellen, und Georg antwortete mit einer Gegenfrage: „Wer fährt?" Sie einigten sich darauf, dass Ellen fahren würde, weil sie den größeren Wagen hatte. „Lass uns sehen, dass wir gegen elf da sind, okay? Dann müssten die im Tierheim mit den gröbsten Arbeiten fertig sein und ein bisschen Zeit für uns haben. - Hach, ich bin schon so aufgeregt! Tun wir das Richtige, Georg? Was meinst du? Werden sie sich wohlfühlen bei uns? Oder hätten sie es woanders besser?" Lächelnd nahm Georg sie in den Arm. „Ach, Ellen, meine unverbesserliche Skeptikerin! Kannst du nicht zur Abwechslung einfach mal an dich glauben? Wo, wenn nicht bei dir, sollte es Dieti denn wohl gut gehen?" Er tätschelte ihr die Wange, küsste seine Fingerspitzen und hauchte ihr den Kuss hinterher, als sie jetzt leise vor sich hinsummend die Treppe erklomm. „Georg!" Er hatte schon die Tür zum Keller in der Hand, als ihr erschreckter Ruf ihn zusammenfahren ließ. „Was ist?" „Morgen kommt Björn! Georg, hast du das vergessen? Morgen Nachmittag kommt Björn nach Haus!" Entgeistert starrte Georg zu ihr hoch, wie sie da auf der halben Treppe stand und besorgt auf ihn hinuntersah. „Ja! - Und?" „Hast du ihm von Lulu erzählt? Was wird er sagen?" „‚Hallo, Lulu' wird er sagen, was denn sonst?" „Mag er denn Hunde?" „Mehr als mich!", grinste Georg, winkte ihr zu und verschwand.

Es hatte Ellen wenig genützt, dass sie den Abend außer Haus verbrachte. Denn kaum lag sie im Bett mit dem Buch vor der Nase, da fuhr sie auch schon wieder hoch. Kehlige Laute drangen durch das offene Fenster herein, stoßweises Wimmern, kläglich und verloren, und das Ganze auf geradezu zynische Art untermalt von leiser

Musik. Sie warf die Decke von sich und trat hinaus auf den Balkon. Der Lichtschein, der aus der Wohnung unter ihr in den Hof fiel, war schwach und zittrig wie von einer Kerze. Die Musik war die gleiche, die sie schon vor ein paar Tagen gehört hatte, die sie aber nicht identifizieren konnte. Sie beugte sich über die Balkonbrüstung und lauschte, ob sie das dünne Stimmchen wieder singen hörte, doch stattdessen wurde leise ein Fenster geschlossen und alles war still.

„Morgen", dachte Ellen, als sie sich in ihrem Bett zusammenrollte und das Licht löschte. „Morgen ruf ich an... bestimmt. Ganz bestimmt."

XXIII. (Freitagmorgen)

Als sie erwachte, brauchte sie einen Augenblick, um sich zu orientieren. Der fade Geschmack in ihrem Mund erinnerte sie daran, dass sie am Vorabend in Knoblauch geschwelgt hatte, dass sie mit Georg gefeiert und Grund dazu gehabt hatte: Heute würde Hans-Dietrich bei ihr einziehen!

Sie streckte sich genüsslich, reckte und räkelte sich und genoss das Gefühl der Vorfreude darauf, schon morgen nicht mehr allein aufzuwachen. In Gedanken sah sie sich für Dieti das Frühstück bereiten, sah sich gemeinsam mit ihm beim Joggen im Schrevenpark, sah ihn zu ihren Füßen schlafend im Büro, hinter ihrem Sitz lang ausgestreckt auf der Rückbank ihres Wagens, mit gespitzten Ohren vor ihr sitzend und ihren Ausführungen aufmerksam lauschend. Sie schlug die leichte Decke zurück, setzte sich auf und sah auf die Uhr. - Wie bitte? Sie griff nach dem Wecker, schüttelte ihn, stellte ihn auf den

Kopf und starrte erneut darauf. Neun Uhr fünfzehn? Nein, das war unmöglich, das konnte nicht sein! So lange hatte sie seit Jahren nicht mehr geschlafen, nicht mal zu Neujahr nach einer ausgiebigen Silvesterfete. Mit einem Satz war sie aus dem Bett, hastete in die Küche und stellte das Radio an. Sofort besann sie sich eines Besseren, griff in ihre Handtasche auf dem Flur und warf einen Blick auf ihr Handy: 09.18 h. Um Himmels willen - sie hatte mit Bravour verschlafen! ‚Das kommt bei diesem unsoliden Lebenswandel raus', tadelte sie sich im Stillen, setzte die Kaffeemaschine in Gang und sprang unter die Dusche. Glücklich über ihren neuen Haarschnitt, fuhr sie sich mit allen zehn Fingern hindurch, schüttelte kräftig den Kopf und beschloss, das Haar ungeföhnt trocknen zu lassen, putzte sich aber zweimal nacheinander die Zähne. Während sie sich ein paar Löffel Müsli in den Mund schob, versuchte sie, sich die Wimpern zu tuschen, stellte fest, dass Kaubewegungen und gleichzeitiges Wimperntuschen nicht zusammengehen und warf den Mascara zurück in das dafür vorgesehene Körbchen. Während sie mit allen zehn Fingern die Feuchtigkeitscreme auf ihrem Gesicht zu verteilen suchte, angelten ihre Füße unter der Flurkommode nach ihren Sandalen. Als sie schließlich bereit war zu gehen, stellte sie fest, dass sie zu einem lila gestreiften Shirt eine karierte, khakifarbene Hose trug und noch eine gute halbe Stunde Zeit hatte.

Kopfschüttelnd stand sie vor ihrem Spiegelbild im Flur. „Schlimmer wird's aber nicht, Ellen, oder?", fragte sie sich und sah sich mit gerunzelter Stirn tief in die Augen. Sie nahm Haltung an, schritt den Flur entlang zurück in ihr Schlafzimmer, schlüpfte in ihre beste Jeans und ein weißes Shirt mit einer klitzekleinen Sonnenblume über dem Herzen, tuschte sich im Badezimmer die Wimpern zu Ende und beschloss, noch einen Kaffee zu trinken. Als sie mit dem Becher in der Hand auf den Balkon trat, sagte ihr ein Blick über den Hof, dass Georg bereits in hektische Aktivität verfallen war. Sämtliche Fenster seiner Wohnung standen offen, in zweien lagen Bettdecken und Kissen zum Lüften, er selbst erschien in gebückter Haltung - offensichtlich staubsaugenderweise - mal hinter dem einen, mal hinter dem anderen Fenster. Dann plötzlich riss er Decken und Kissen an sich und verschwand, nur um Sekunden später alle Fenster zu schließen und die Gardinen vorzuziehen. ‚Okay', dachte Ellen, ‚Ende der Vorstellung. Dann könnten wir jetzt wohl starten...' Sie griff zum Telefon und wählte Georgs Nummer. Es klingelte lange, ehe er sich atemlos meldete. „Bist du bereit?", fragte Ellen. „Immer!" Mit triumphierend hochgerecktem Daumen erschien er an seinem Küchenfenster. „Okay, dann hol ich jetzt den Wagen", sagte sie. „Hast du genügend Bargeld dabei? Ich muss wohl nochmal schnell zur Bank." „Hab ich gestern schon erledigt", antwortete Georg und versprach, in fünf Minuten vor dem Haus auf sie zu warten.

Natürlich waren sie weit vor der Zeit im Tierheim. Hanna verhandelte gerade am Telefon mit dem Amtstierarzt und winkte ihnen zu, während ihre Kollegin Anja damit beschäftigt war, die Zwinger zu säubern. Die Türen standen weit offen, die Zwinger waren leer. Als Anja die beiden entdeckte, wies sie lächelnd in Richtung auf den Freilauf, wo Dieti lang ausgestreckt im Halbschatten lag und Lulu um ihn herumhüpfte und versuchte, ihn zum Spielen zu animieren. Ein kurzer Pfiff von Georg genügte, um beide Hunde aufhorchen zu lassen: Mitten im Sprung, schien es, warf Lulu sich herum, rannte mit wippenden Ohren auf ihn zu und flog ihm in die ausgebreiteten Arme. Auch Hans-Dietrich war - für seine Verhältnisse - blitzartig auf die Pfoten gekommen und ließ sich von Ellen liebkosen, nachdem er sie vor Begeisterung fast umgerannt hatte.

Mit den Hunden an ihrer Seite begaben sie sich zu Hanna ins Büro, erledigten schnell alle Formalitäten, legten Lulu und Dieti die neu erstandenen Geschirre um und machten sich einträchtig auf den Weg nach Hause. Als hätten sie ihr Leben lang nichts anderes getan, machte Dieti es sich auf der Rückbank von Ellens Wagen gemütlich, während Lulu Georg auf den Schoß sprang und neugierig aus dem Fenster sah, wobei sie es nicht versäumte, Passanten und ihre vierbeinigen Begleiter angemessen zu kommentieren.

„Willkommen zuhause!" Ellen öffnete die Wohnungstür und ließ Dieti eintreten. Er war nicht schüchtern, trabte den Flur entlang in die Küche, wo bereits ein Wassernapf für ihn bereit stand, schnupperte sich durchs Wohnzimmer ins Schlafzimmer, sprang mit einem Satz aufs Bett und sah Ellen auffordernd an. „Alte Schnarchnase!" Sie lachte, ließ sich neben ihm nieder und kraulte ihn ausgiebig, wobei er wohlig grunzte. „Komm, den Balkon hast du noch nicht gesehen", lud sie ihn ein, klopfte sich mit der flachen Hand an die Hosennaht und ging ihm voraus. Der Balkon gefiel Dieti erwartungsgemäß gut: Er richtete sich auf die Hinterbeine auf, stützte sich mit den Vorderpfoten an der Brüstung ab und ließ die Blicke schweifen. Als er auf der anderen Seite des Hofes Georg und Lulu erkannte, die mit einem Ball herumtobten, bellte er ihnen ein fröhliches „Hallo!" zu, woraufhin die beiden innehielten und ihm winkend und wedelnd antworteten. Ellen war froh.

Den Nachmittag verbrachten sie hundegemäß mit spielen, schlafen, spazieren gehen, fressen, schlafen, spielen, und obwohl Dieti Ellen unmissverständlich klar machte, dass ein Labrador wohl schnell zufrieden, aber niemals satt sein kann, ließ er sie ihr eigenes Abendessen genießen, ohne zu betteln. Stattdessen zog er sich auf den Balkon zurück, legte den Kopf auf die Pfoten und war in Sekundenschnelle eingeschlafen.

Erst als sie zu später Stunde im Bett lag, die Hände hinterm Kopf verschränkt und Dieti leise schnarchend neben sich in seinem Korb, fiel es ihr siedendheiß ein: Sie hatte heute beim Jugendamt anrufen wollen - und sie hätte morgens Zeit genug gehabt. Es kribbelte unter ihrer Kopfhaut, als sie sich ihr Versäumnis eingestehen musste, und sie fühlte sich schuldig. Sie streckte eine Hand aus und ließ sie langsam über Dietis Schulter hinter sein warmes, weiches Ohr gleiten. Er räkelte sich zufrieden schnaufend, und bald hatten seine regelmäßigen Atemzüge auch Ellen in den Schlaf gelullt.

XIV. (Sonnabendmorgen)

In ihrem Traum lag sie lang ausgestreckt auf einer Luftmatratze im Meer, dümpelte in der lang rollenden Dünung dahin und meinte von Zeit zu Zeit zu fühlen, wie ein sonnenwarmer Strang Seetang ihr Gesicht streifte. Gerade spürte sie das köstliche Zusammenspiel von Wärme, Licht und Wellenbewegung, genoss die wohlige Entspannung, die sich in ihrem Körper ausbreitete, als sich offensichtlich ein Wetterwechsel ankündigte: die Dünung nahm zu, immer mehr Tangfasern fuhren ihr durchs Gesicht, und aus einer finster drohenden Wolke direkt über ihr erklang ein hohes, singendes Signal. Sie war zu weit abgetrieben, versuchte, mit den Händen gegen die Strömung zu paddeln und das Ufer zu erreichen, doch als sie sich schließlich in Panik aufrichtete, war der Strand nicht mehr zu sehen.... Stattdessen sah sie sich einem freudig grinsenden Hundegesicht gegenüber, aus dem von Zeit zu Zeit eine warme rosa Zunge hervorschnellte, um ihr schüchtern über den Hals zu lecken. Aufmunternd hüpfte Dieti auf ihrem Bett herum und forderte sich leise fiepend sein Frühstück an. Ja, so hatte sie es sich vorgestellt: Liebevoll geweckt zu werden und lachend aufzustehen!

Für den heutigen Tag hatte Ellen sich eine kleine Übungsstunde im Schrevenpark vorgenommen. Sie hatte eine zehn Meter lange Schleppleine gekauft, an der sie Dieti trainieren wollte, denn im Tierheim hatte man sie gewarnt, den Hund nicht eher frei laufen zu lassen, als bis sie sich hundertprozentig auf ihn und die Bindung zwischen ihnen beiden verlassen konnte. Sie warf einen Blick auf den westlichen Himmel, der verhangen und dunstig war und ein mittägliches Gewitter vermuten ließ, und so ging sie noch einmal zurück, um die Balkontür zu schließen. In dem Augenblick wurde in der Wohnung unter ihr ein Fenster zugeschlagen und gleich darauf ertönte in gewohnter Lautstärke der hämmernde Rhythmus von Discomusik. Ellens Herz setzte einen Moment lang aus, sie hielt den Atem an und drückte die Fingerspitzen auf die geschlossenen Augen, als könne sie dadurch die aufsteigenden Bilder zurückdrängen. „Nein", flüsterte sie, „doch nicht schon wieder..." Dieti, der brav und erwartungsvoll vor ihr saß, hob eine Pfote und ließ sie wieder sinken. Er wirkte völlig ratlos. Ellen ging in die Knie und umarmte ihn sanft. „Das ist jetzt meine Schuld, Dieti", flüsterte sie an seinem Hals. „Hätte ich gestern Morgen endlich gehandelt und beim Jugendamt angerufen, dann würde das jetzt nicht passieren." Sie lehnte die Stirn an das warme Hundefell und schüttelte den Kopf. „Du hast dir ein feiges Frauchen ausgesucht, Dieti, eine ganz feige Socke. Und die Kleine da unten ..." - ‚muss es jetzt ausbaden', hatte sie sagen wollen, brachte die Worte aber nicht einmal geflüstert über die Lippen. Dieti neigte den Kopf und sah zu Boden.

Ellen gab sich einen Ruck, stand auf und griff nach ihrem Schlüssel. „Komm, alter Knabe, darunter musst du ja nicht auch noch zu leiden haben", sagte sie, wickelte die Leine über dem Unterarm auf und öffnete die Tür. Aufgeregt sprang der alte Labrador um sie herum, zerrte sie die Treppen hinunter und hinaus ins Freie. Dass dieser alberne Kerl neun Jahre alt sein sollte, konnte man wirklich nicht glauben. Um seine Energie ein bisschen abzubauen, setzte Ellen sich in Trab, lief locker die Straße hinunter und ein paar kleine Runden am Geibelpark entlang, bevor sie den Weg zum Schrevenpark einschlug. Sie hatte gerade die Theodor-Storm-Straße erreicht, als die ersten Tropfen fielen. „Ach was, wir sind ja nicht aus Zucker, oder, Dieti?", rief sie ihm aufmunternd zu, was der Hund mit weit aus dem Mund hängender Zunge bestätigte. Doch noch bevor sie den Schrevenpark erreicht hatten, war aus dem Getröpfel ein Wolkenbruch geworden, und innerhalb von Sekunden waren sie nass bis auf die Knochen. Ellen musste Dieti nicht zweimal auffordern, vielleicht doch lieber umzukehren und sich ins Trockene zu retten. Innerhalb kürzester Zeit umsprangen sie kleine Fontänen auf den Gehwegen, vom Asphalt der Straßen stiegen Dampfwolken auf und Sturzfluten sammelten sich in den Rinnsteinen. Die Gehwege unter ihren Sohlen waren glitschig, und von Westen her raste ein Gewitter mit ohrenbetäubender Geschwindigkeit heran. Mit dem zischenden Knistern des ersten Blitzes fiel die Haustür hinter ihnen ins Schloss. Im selben Moment erkannte Ellen die alte Frau Schröder, die in der Wohnung der Lauterbergs verschwand.

XXV. (immer noch Sonnabendmorgen)

Oben in ihrer Wohnung hatte Ellen sich nur schnell ein Handtuch um die tropfenden Haare geschlungen und die quatschnassen Turnschuhe abgestreift, ehe sie Dieti in das größte ihrer Badetücher hüllte und ihn liebevoll rubbelte. Dieti gefiel diese Ganzkörpermassage, mit halb geschlossenen Augen stand er still wie eine Statue und genoss jede Sekunde. Selbst als Ellens Arme erlahmten und sie zum Fön griff, um das dichte Hundefell zu trocknen, rührte er sich nicht. Mit einem freundschaftlichen Klaps auf den Po musste sie ihn aus seiner Trance erwecken, als sie ins Bad ging, um sich selbst zu restaurieren.

Mit dem Fön in der Hand stand sie vorm Spiegel. „Die alte Frau Schröder weiß es also auch", dachte sie, und auf einer zweiten Gedankenebene sagte eine Stimme kalt und hart: „Ja, kuck dich nur an: So sieht ein echter Feigling aus!" „... und die alte Frau Schröder handelt auch!", fuhr die erste Stimme fort. „Sie tut etwas, sie packt den Stier bei den Hörnern ... hast du ja gesehen, sie hat einfach die Lauterbergsche Wohnung gestürmt!" Ellen ließ den Fön sinken. „Aber wenn die alte Frau Schröder das kann, dann kann ich das auch!" Stimme Nr. 1 bemühte sich um Zuversicht. „Das traust du dich nicht", höhnte Stimme Nr. 2. „Dazu bist du doch viel zu feige." Und laut fragte sie: „Aber wir können uns doch vielleicht mit Frau Schröder zusammentun, was meinst du, Dieti?" Der Hund lag in der Wohnzimmertür und öffnete beim Klang seines Namens müde ein Auge. „Genau: Gemeinsam sind wir stark", fügte Ellen hinzu und spürte plötzlich eine ganz neue Kraft in sich wachsen. Sie ging ins Schlafzimmer, um sich trockene Sachen anzuziehen, dann hängte sie die durchgeweichte Joggingkleidung und die tropfnassen Handtücher im Badezimmer über der Wanne auf. Draußen rauschte der Regen und drückte die Pflanzen auf ihrem Balkon nieder, Blitz und Donner folgten einander im Bruchteil einer Sekunde, und der Himmel überm Hof schrammte tief und blauschwarz an den Schornsteinen entlang.

„Sobald das Gewitter vorbei ist, geh ich zu Frau Schröder", kündigte sie Dieti an, den sie nicht gleich an seinem ersten Tag im neuen Zuhause mitten im Gewitter allein lassen mochte. Es zeigte sich jedoch, dass ihre Sorge unbegründet war: Auch die gewaltigsten Donnerschläge, die den Boden unter ihren Füßen erzittern ließen, entlockten dem leise schnarchenden Dieti keine irgendwie geartete Regung. Und auch, als sich nach einer guten halben Stunde die Dunkelheit lichtete und der Regen langsam nachließ, geschah dies, ohne dass Ellens Hund daran Anteil genommen hätte: Lang ausgestreckt in der Tür, mit dem Kopf im Flur und dem Hinterteil im Wohnzimmer, lag er und schlief den Schlaf der Gerechten. Ellen stand an der Wohnungstür, klapperte mit den Schlüsseln und rief leise seinen Namen. Da er sich nicht regte, schlich sie sich leise hinaus und klingelte drei Schritte weiter rechts an der Tür der alten Frau Schröder.

Mit dem Geschirrtuch in der Hand und einer bestickten Schürze vorm Bauch öffnete Frau Schröder die Tür, streckte den Kopf heraus, um besser sehen zu können und rief erfreut: „Frau Cordes! Was für eine Überraschung! Bitte, kommen Sie doch herein." Ein betörender Duft nach frisch gebackenem Brot empfing Ellen und begleitete sie ins Wohnzimmer, wo Frau Schröder sie bat, Platz zu nehmen. „Ach Gott, die Lampe brennt ja noch." Die alte Dame sprang wieder auf und löschte das Licht. „Es war ja vorhin derartig finster, man konnte ja die Hand vor Augen nicht sehen", meinte sie und blieb mit vor dem Bauch gefalteten Händen vor Ellen stehen. „Was darf ich Ihnen Gutes tun, Frau Cordes?" Mit schräg gelegtem Kopf lächelte sie auf Ellen hinunter. „Trinken Sie lieber Tee oder Kaffee? Kaffee? Hm, kann ich gut verstehen. Ich würde Ihnen dazu gern von meinem Brot anbieten, aber ich fürchte, es ist noch zu frisch zum Schneiden, außerdem würden wir gewiss Bauchschmerzen bekommen davon. Aber wie wär's mit einem Quarkbrötchen? Die sind schon ausgekühlt, die tun uns nichts mehr..." Und ohne Ellens Zustimmung abzuwarten, verschwand sie wieder in der Küche. ‚...die tun uns nichts mehr' - Ellen lächelte, als sie dieser Formulierung jetzt nachlauschte und fühlte sich augenblicklich zurückversetzt in die urgemütliche alte Bauernküche ihrer Großmutter, in der sie im Schneidersitz auf dem mit Linoleum bezogenen Tisch gesessen und zugesehen hatte, wie ihre allerliebste Lieblingsoma ihre weltberühmten Pförtchen buk. Auch die mussten immer erst ein klein wenig auskühlen, bevor ihre Großmutter sagte: „So, nun darfst du, Elena, nun tun sie uns nichts mehr."

Das Klappern der Tassen auf dem Tablett, das Frau Schröder jetzt hereinbalancierte, weckte sie aus ihrer Träumerei. „Warten Sie, ich helf Ihnen." Ellen sprang auf und nahm das Tablett in Empfang, und während sie den kleinen Kacheltisch deckte, verschwand Frau Schröder erneut in der Küche, um gleich darauf mit einem Teller voller aufgeschnittener, mit Butter bestrichener Quarkbrötchen zurückzukehren. Sie hatte die Schürze abgelegt, so dass man die wunderschöne Lochstickerei in ihrem dunkelblauen Leinenrock erkennen konnte. „Wenn Sie mögen...", sagte sie und hob einen kleinen Keramiktopf in die Höhe. „Hier hab ich noch Hagebuttenmarmelade, die schmeckt sehr gut dazu." „Selbstgemacht?", fragte Ellen und spürte, wie ihr das Wasser im Mund zusammenlief.

Nachdem sie mit geschlossenen Augen den ersten Bissen gekostet und einen Schluck handgefilterten, mit Kardamom und Kakao gewürzten Kaffee genossen hatte, sah sie Frau Schröder an, die ihr auf dem Sofa gegenüber saß. Ihre ineinander liegenden Hände ruhten auf ihren Knien und sie lächelte Ellen freundlich zu. „Bitte entschuldigen Sie diesen Überfall, Frau Schröder", begann Ellen und merkte plötzlich, wie weit sie schon gegangen war. „Ich hoffe, ich störe Sie grad nicht allzu sehr?" „Überhaupt nicht", antwortete die alte Dame ruhig, „ich freue mich über jede Abwechslung." Und sie sagte es in einem Ton, der Ellen aufatmen ließ. „Es ist nämlich so... Ich habe da ein Problem, und ich glaube, dass Sie mir bei seiner Lösung vielleicht helfen könnten." „Ach", Frau Schröder lehnte sich zurück und sah Ellen erwartungsvoll an. „Da bin ich aber gespannt!"

Ellen holte tief Luft. „Es fing vor ein paar Wochen an, nein - eigentlich schon vor ein paar Monaten, als ich nämlich, zusammen mit meiner Tochter, zum allerersten Mal dieses Geräusch hörte. Ich glaube, es war im März. Es klingt nicht tierisch, aber auch nicht wirklich menschlich, ich könnte manchmal nicht sagen, ob es von einem Kind oder einem jungen Hund oder einer alten Frau stammt, aber es klingt schrecklich. Abgehackt, stoßweise, qualvoll - einfach nur kläglich. Anfangs hab ich es nur in großen Abständen gehört, konnte es nicht lokalisieren und auch sonst nicht einordnen, und irgendwann vergaß ich es wieder. Aber in letzter Zeit sind die Intervalle immer kürzer geworden, die Laute immer kläglicher, und nun bin ich mir auch sicher, woher sie kommen." Sie nahm einen Schluck Kaffee und warf Frau Schröder einen hilfesuchenden Blick zu, den diese mit wachem Interesse ernst und aufmerksam erwiderte. „Es hat eine ganze Weile gedauert, bis ich mir einen Reim darauf machen konnte. Eigentlich ist mir erst seit zwei oder drei Wochen klar, was da eigentlich vor sich geht... Die Geräusche, dieses klägliche, unerträgliche Jammern kommt aus der Wohnung der Lauterbergs, Frau Schröder, und ich höre sie immer dann, ja: nur dann, wenn Frau Lauterberg die Wohnung verlassen hat, wenn also Herr Lauterberg mit den Mädchen, speziell mit Sarah, allein ist." Über Frau Schröders Gesicht huschte ein Ausdruck des Erschreckens, doch sie unterbrach Ellen nicht. „Als mir klar wurde, was ich da mitanhörte, war ich völlig kopflos. Ich wusste, ich musste etwas tun, aber ich wusste nicht was, denn schließlich konnte ich nicht einfach die Wohnung stürmen und den Mann kastrieren. Ich habe dann im Internet recherchiert und alles zusammengetragen, was sich mir im Laufe der Zeit an Indizien aufdrängte..." Ellen saß inzwischen auf der vorderen Kante des Sessels, hielt sich mit beiden Händen an ihrer Kaffeetasse fest und spürte, wie sich ihr Gesicht mehr und mehr rötete. Trotzdem zählte sie gewissenhaft alles auf, was sie an Auffälligkeiten an Sarahs Verhalten wie auch an ihrem Äußeren beobachtet hatte, schilderte die Spielszenen im Hof, die Situation in der Arztpraxis, wies auf die ausgeschlagenen Zähne und das verschüchterte Wesen des Kindes hin wie auch auf die hämmernde Musik, die nur zu hören war, wenn Frau Lauterberg zuvor die Wohnung verlassen hatte. „Einmal hab ich es nicht ausgehalten, da bin ich runtergerannt und hab geklingelt", gestand Ellen jetzt und sah kurz auf. „Aber er hat mir die Tür vor der Nase zugeknallt. ‚Nur ein Anfall', hat er gesagt. ‚Ist schon wieder vorbei'."

Sie stellte ihre Tasse zurück auf den Tisch, setzte sich bequemer hin und legte beide Hände auf die Sessellehnen. „Vor ein paar Tagen habe ich, selbstverständlich ohne Namen zu nennen oder von einem konkreten Fall zu sprechen, einen Polizisten gefragt, ob eine entsprechende Anzeige anonym behandelt werden würde. Natürlich würde sie das, aber der korrekte Weg wäre sicher der, sich zunächst ans Jugendamt zu wenden. Das hatte ich eigentlich gestern tun wollen, aber wenn ich ehrlich bin, war ich wohl letztendlich doch wieder zu feige. Die Vorstellung, die Familie vielleicht völlig ungerechtfertigt auseinander zu reißen und auf mein Wort hin in Verruf zu bringen, ist fast genauso schrecklich wie die, was das arme Mädchen womöglich für ein Martyrium erleidet ..." Ellen fuhr sich mit beiden Händen über das glühendheiße Gesicht.

„Und heute morgen habe ich gesehen, wie Sie zu den Lauterbergs gegangen sind, Frau Schröder." Ellen sah ihre Nachbarin jetzt offen an. „Und da wurde mir klar, dass auch Sie es ja vermutlich die ganze Zeit gehört haben, und als ich Sie in die Wohnung gehen sah, da dachte ich ‚Mensch, Frau Schröder tut jedenfalls was!', und deshalb wollte ich Sie fragen, ob nicht vielleicht wir beide zusammen...." Sie verstummte jäh, als sie sah, wie Frau Schröder langsam und bedächtig begann, den Kopf zu schütteln. Dann breitete sich ein Lächeln aus auf ihrem Gesicht, ein gütiges, mitleidiges Lächeln, und während sie die immer noch zusammengelegten Hände auf die Brust drückte, sagte sie leise: „Ach, Kindchen, wie haben Sie sich gequält... ach, das tut mir so Leid! Ja, wären Sie doch nur schon früher zu mir gekommen... ach, Kindchen, Kindchen!" Es war lange her, dass jemand Ellen „Kindchen" genannt hatte, und angesichts des immer noch anhaltenden Kopfschüttelns der alten Dame fühlte Ellen sich trotz der Wärme in ihrer Stimme unverstanden und zurückgewiesen. Sie machte Anstalten zu gehen, und erschrocken breitete Frau Schröder die Hände aus: „Bleiben Sie, Frau Cordes, bitte bleiben Sie. Ich glaube wirklich, dass ich Ihnen bei der Lösung des Problems helfen kann. - Aber vorher hole ich uns noch ein Glas Holunderlimonade, einverstanden?"

XXVI. (Sonnabendmittag)

Sie hörte Frau Schröder in der Küche rumoren, hörte die Kühlschranktür klappen und den Wasserhahn sprudeln, und sie sehnte sich danach, aufzustehen und zu Dieti zu gehen, sich an seinen warmen, weichen Hals zu schmiegen und nichts mehr hören und sehen zu müssen.

„Ich bedauere wirklich sehr, dass ich nichts von Ihren Sorgen und Kümmernissen gewusst habe", sagte Frau Schröder, als sie jetzt mit zwei Gläsern und einem Krug voll eisgekühlter Holunderblütenlimonade zurückkehrte. Irgendwie kam sie Ellen plötzlich viel größer und jünger vor als noch vor ein paar Minuten. „Ich glaube, ich muss da zu einer etwas längeren Erklärung ausholen. Haben Sie soviel Zeit?" Ellen nickte, doch dann fragte sie: „Hätten Sie etwas dagegen, wenn ich meinen Hund herüberholen würde? Ich hab ihn erst seit gestern, und er ist zum ersten Mal allein in der Wohnung." „Oh bitte, holen Sie ihn!", jubelte Frau Schröder. „Ich habe mir mein Leben lang einen Hund gewünscht ..." Ellen sprang auf, sauste über den Flur und schloss ihre Wohnungstür auf. Dieti stand schwanzwedelnd da. „Komm, mein Dicker, ich möchte dich Frau Schröder vorstellen", erklärte Ellen, und als hätte er sie verstanden, trabte Dieti aus der einen Tür hinaus und in die andere hinein, begrüßte Frau Schröder freundlich und ausgiebig, drehte eine Runde durch die Wohnung und legte sich seufzend neben dem Kacheltisch nieder. Es ging ihm gut.

Frau Schröder schenkte ihm einen liebevollen Blick, dann wandte sie sich wieder Ellen zu. „Ich habe das Geräusch, wie Sie es nennen, zum ersten Mal gehört, da waren die Lauterbergs gerade erst eingezogen. Es muss an einem Morgen im Februar gewesen sein. Ich kam vom Einkaufen, stand unten im Hausflur und kramte in meiner

Tasche nach dem Schlüssel, als ich es hörte - und ich wusste Bescheid. Sehen Sie, ich bin 45 Jahre lang Kinderkrankenschwester gewesen, es wäre schlimm, wenn ich Lautäußerungen wie diese nicht einzuordnen wüsste. Ich stand also und lauschte, überlegte noch, ob und wie ich vielleicht helfen könnte, als hinter mir die Haustür aufgestoßen wurde und Corinna - Frau Lauterberg - hereinkam. Sie sah mich, nickte kurz und schloss ihre Wohnungstür auf, und ehe ich noch etwas sagen konnte, war sie auch schon verschwunden. Und ‚das Geräusch' verstummte. Das bestätigte meine Vermutung."

‚Ja, meine auch!' dachte Ellen, unterbrach sie jedoch nicht. „Ich wartete ein paar Tage, bis ich es wieder hörte", fuhr Frau Schröder fort. „Und als ich mir sicher war, ging ich hinunter und bot meine Hilfe an." „Ihre Hilfe?", platzte Ellen heraus. „Sie haben ihm nicht gedroht, ihn nicht zur Rede gestellt?" Sie war fassungslos. Frau Schröder nahm einen Schluck Limonade und lächelte versonnen. „René - also Herr Lauterberg - wollte mir wie Ihnen die Tür vor der Nase zuschlagen, doch Corinna, dieses zierliche Persönchen, schob ihn einfach zur Seite und bat mich herein. Und es stellte sich heraus, dass wir Kolleginnen sind: Auch Corinna ist Kinderkrankenschwester, wenn auch im Moment nur stundenweise tätig. Dass sie das überhaupt schafft, ist bewundernswert, doch dazu komme ich noch." Sie stellte das Glas wieder ab, lehnte sich zurück und legte die ineinander verschlungenen Hände auf die Knie. Ihre ruhige Gelassenheit wirkte geradezu provozierend.

„Um Sie nicht länger auf die Folter zu spannen, liebe Frau Cordes: Die Lauterbergs haben drei Kinder!" Sie wartete den nun folgenden Ausbruch von Ellens Erstaunen und Überraschung ab und machte eine kleine Pause, während der Ellen versuchte, sich zu fangen. „Ja, sie haben noch eine Tochter, einen inzwischen fünfzehn Monate alten kleinen Engel mit roten Locken und dunkelbraunen Kulleraugen, die suchend in die Welt schauen... und vermutlich doch nichts wirklich erkennen können. Die kleine Viktoria wurde mit einem Gendefekt geboren, der ihre geistige und körperliche Entwicklung bremst. Die ersten sechs Lebensmonate verliefen völlig normal, wie es typisch ist für dieses Krankheitsbild, doch je älter das Kind wird, desto schneller scheint es sich zurückzuentwickeln. Natürlich weiß Corinna als Krankenschwester genau, wo und bei wem sie Hilfe suchen kann, doch trotz unendlicher Tests und Untersuchungen jeglicher Art steht die genaue Diagnose immer noch nicht fest. Es würde mich nicht überraschen, wenn es auf eine Kombination verschiedener genetisch bedingter Fehlsteuerungen hinausliefe, die ich Ihnen an dieser Stelle gern ersparen würde. Doch, so drastisch es klingt, für die kleine Vicky spielt der Name ihrer Erkrankung wohl nicht die geringste Rolle.

Inzwischen hat sie ein Stadium erreicht, in dem sie eigentlich nur noch ihre Hände bewegen und den Kopf hin- und herdrehen kann. Ob sie noch etwas sieht, wissen wir nicht. Wahrscheinlich nur noch hell und dunkel, maximal Umrisse. Auch hören kann sie kaum noch, dafür aber fühlen. Sie spürt nicht nur, wenn Corinna bei ihr im Zimmer ist, sie spürt sogar, wenn sie die Wohnung verlässt. Und die Reaktion darauf ist das, was Sie gehört haben, Frau Cordes: Vickys verzweifelte Rufe nach ihrer Mutter! Wenn sie aufwacht und ihre Antennen ausfährt - so nennen wir es immer - und dabei erfühlt, dass Corinna nicht da ist, gerät sie in Panik: Dann wirbeln die kleinen Händchen durch die Luft, der Kopf schlägt hin und her und die Rufe, diese abgehackten, angstvollen kleinen Laute, steigern sich von Minute zu Minute. Neben Corinna ist Sarah die einzige in der Familie, die ihre kleine Schwester zu besänftigen vermag. Sie geht dann ganz schnell zu ihr, streichelt sie und spricht mit ihr, singt ihr vor und kämmt ihr die feinen Haare. Wenn Viktoria zur Ruhe gekommen ist, ist sie meist schweißnass, doch René darf sie nicht anfassen, um sie zu baden oder umzukleiden, und für Sarah ist Vicky schon zu schwer. Dann holen sie mich, denn auch mich akzeptiert die kleine Maus und überlässt sich meiner Fürsorge.

Manchmal allerdings - und das sind die wirklich schlimmen Stunden - sind weder Corinna noch Sarah zuhause, wenn zum Beispiel Corinna Nachtwache macht und Sarah bei einer Freundin übernachtet. Dann weiß René sich bei einem Anfall keinen Rat und dreht seine Musik voll auf, damit die Nachbarn das Kind nicht hören. Vanessa hat mehrfach versucht, Sarah zu vertreten, aber Vicky reagiert eher negativ auf sie, dann steigert sich ihre Panik nur noch mehr. Mit seiner Musik kann René die Kleine manchmal so weit erreichen, dass sie jedenfalls innehält und wenn schon nicht hören, so doch wenigstens die Rhythmen spüren kann, aber immer gelingt ihm das nicht. Und dann springe ich halt wieder ein."

Frau Schröder sah Ellen lächelnd an. „Man kann sich die Belastung, mit der diese jungen Leute leben, kaum vorstellen. Denn natürlich kommt es für die Eltern nicht in Frage, das Kind wegzugeben. So oder so kommt es immer wieder zu Trennungen wegen diverser Krankenhausaufenthalte, während derer der Vater mit den beiden älteren Töchtern sehen muss, wie er klar kommt, während Corinna dann bei Viktoria bleibt. Und natürlich sind die Nerven oft genug zum Zerreißen gespannt, kommt es auch zwischen René und Corinna zu Reibereien und Auseinandersetzungen. Für Sarah ist die Situation oft schlimm, sie ist ein sehr sensibles Kind, und auch, wenn sie manchmal nicht den Anschein erweckt, ist sie sehr reif für ihr Alter."

Ellen vergegenwärtigte sich das Bild des Mädchens, wie es im Supermarkt vor ihr gestanden hatte, stumm und mit offenem Mund, und es fiel ihr schwer, darin das soeben von Frau Schröder beschriebene Kind zu erkennen. Dann fiel ihr etwas ein. „Aber was ist mit Sarahs merkwürdiger Kleidung?", fragte sie. Die alte Krankenschwester lächelte traurig. „Ach Gott, ja, das arme Wurm", antwortete sie und schüttelte mitleidig den Kopf. „Sarah leidet unter einer ebenfalls genetisch bedingten Lichtallergie. Zwar zeigt sie im Augenblick lediglich Anfangssymptome, aber natürlich versucht Corinna, sie so gut es irgend geht zu schützen. Wobei sie die Wahl der Garderobe ganz bewusst dem Kind selbst überlässt..." Sie lachte, und auch Ellen stimmte mit ein. „Nun ja", fuhr Frau Schröder fort, „diese beiden Mädchen teilen sich natürlich den größten Teil der elterlichen Aufmerksamkeit, was sich auf Vanessa nicht immer positiv auswirkt. Die Kleine begehrt auf, versucht, sich in den Vordergrund zu drängen und sich ihren Anteil an Aufmerksamkeit zu sichern, was man ihr wohl nicht verdenken kann. Logisch, dass sie sich dabei nicht von ihrer besten Seite zeigt. Sie ist nicht dumm, sie hat schnell gelernt, den einen gegen den anderen auszuspielen. Bei Vanessa wäre pädagogisches Feingefühl gefragt, das man besonders von ihrem Vater im Moment wohl nicht erwarten darf.... Auch da versuche ich, ein wenig ausgleichend einzuwirken. - Ich spiele die Oma, die sie nie hatten, wissen Sie?"

Ganz still saß Ellen da und sah ihre Nachbarin an. Sie fühlte sich beschämt. „Ich bin sehr froh, dass Corinna und René meine Hilfe annehmen." In Frau Schröders Stimme schwangen Wärme und Dankbarkeit mit. „Und natürlich macht es mich auch ein bisschen stolz, dass die kleine Vicky sich mir anvertrauen kann. Wissen Sie, ich selbst habe keine Familie, Heirat und eigene Kinder habe ich immer wieder dem Beruf untergeordnet, und als mir bewusst wurde, was das bedeutete, war es zu spät. Jetzt bin ich seit mehr als zehn Jahren pensioniert, lebe für mich allein und habe nicht viel zu tun. Als dann aber die Lauterbergs einzogen und mir die Chance boten, zu helfen, war das für mich ein ganz neues Lebensgefühl, verstehen Sie? So muss ich also zugeben: Ich habe diese junge Familie annektiert - aus schierem Egoismus!" Sie lächelte ein fast mädchenhaftes Lächeln, das jedoch jeglicher Koketterie entbehrte. Ellen schossen die Tränen in die Augen. „Frau Schröder..... das ist jetzt aber nicht ihr Ernst!" Zwischen Lachen und Weinen kramte sie in ihrer Hosentasche auf der Suche nach einem Taschentuch. Die alte Dame reichte ihr eine Packung Papiertücher, und Ellen konnte nicht anders - sie ließ den Tränen freien Lauf. Dieti hob die Brauen, stand leise ächzend auf und legte ihr den Kopf in den Schoß. Als sie seine Wärme spürte und ihm in die tiefbraunen Augen sah, brachen alle Dämme. Sie schluchzte und lachte und stammelte, wischte sich die Wangen und putzte sich die Nase - und weinte weiter. Wann immer sie versuchte, etwas zu sagen, übermannte sie wieder die Emotion, es blieb ihr nichts, als hilflos den Kopf zu schütteln und alle Anspannung der letzten Wochen und Tage hinauszuweinen.

Nach einer ganzen Weile - es musste lange nach 12.00 Uhr sein, denn vom Rathausturm war das Glockenspiel „Kiel hett keen Geld, dat weet de Welt" längst verklungen - holte Ellen tief Luft, tupfte sich zum letzten Mal die Augen trocken und sah Frau Schröder schmerzlich lächelnd an. „Danke", flüsterte sie. „Danke, dass Sie mich aus diesem Alptraum erlöst haben..." Die alte Dame sah sie mitfühlend an. „Ich mag mir gar nicht vorstellen, wie Sie mit sich und Ihrer Entscheidung gerungen haben", sagte sie leise. „Und ich weiß im Moment nicht, ob ich mich mehr darüber freuen soll, dass Sie meinen scheußlichen Verdacht ausgeräumt haben, oder ob ich vielleicht doch eher traurig sein soll, weil dieses kleine Mädchen so krank ist", seufzte Ellen, und Frau Schröder nickte verständnisvoll.

Als sie sich schließlich in der Wohnungstür gegenüberstanden, umarmte Ellen ihre alte Nachbarin spontan und drückte sie fest an sich. „Sie sind eine tolle Frau!", murmelte sie. Und bevor sie womöglich noch einmal anfing zu weinen, rief sie Dieti zu sich und wandte sich zum Gehen, allerdings nicht, ohne ihrer alten Nachbarin hoch und heilig versprochen zu haben, sie im Notfall bzw. hoffentlich recht bald einmal als Hundesitter zu engagieren. „Ich schwöre auch, ihn nicht mit Leckerlis vollzustopfen!", hatte Frau Schröder noch über den Flur gerufen, und dann waren Ellen und Dieti wieder allein.

XXVII. (Immer noch Sonnabendmittag)

Während sie seinen Futternapf füllte und ihm seine Mittagsmahlzeit servierte, wurde ihr klar, dass sie als allererstes Georg informieren musste. Zwar störte sie ihn an Wochenenden, an denen Björn da war, äußerst ungern, aber in diesem Fall würde es auch für Georg eine Erleichterung bedeuten, die sie ihm nicht länger vorenthalten mochte. Sie wählte seine Nummer und wartete. Als sie schon wieder auflegen wollte, meldete sich eine atemlose Stimme: „... jaha?????" Ellen spürte, wie sie rot wurde und anfing zu stammeln. „Ach ... hallo ... ja, hier ist Ellen. Björn???" „Oh, hallo, Ellen!" Björn hörte sich unglaublich fröhlich an. „Wie geht es dir? Und wie geht es Lulus Kumpel, deinem Dieti?" „Gut, danke ... ja, uns beiden geht es gut!", bestätigte Ellen und lauschte den Geräuschen, die über das Telefon an ihr Ohr drangen: Tiefes Grummeln, zweistimmig; unterdrücktes Kichern;

ein scharfes Ratschen, wie wenn Stoff zerreißt; dann Prusten und Schnaufen, unterbrochen von zartem Niesen, das sich zum Staccato steigerte, dann ein tiefes, glucksendes Lachen, das nicht enden wollte, schließlich unverkennbar Lulus Triumphgeheul und absolut albernes, zweistimmiges Männerlachen, das sich überschlug und in Hysterie zu enden drohte ... Ellen legte auf.

Eine Viertelstunde später rief Georg an, immer noch atemlos. „Entschuldige, Liebchen", säuselte er, „bitte entschuldige! Aber wir sind hier grad so in Action ... wir haben hier grad so eine Sauerei veranstaltet ..." „Och, weißt du", unterbrach ihn Ellen kühl, „so genau wollte ich das gar nicht wissen. Das hat alles Zeit bis später ..." „Mein Gott, Ellen, nun sei doch nicht so entsetzlich prüde!" Georg genoss es hörbar, sie aufs Glatteis zu führen. „Wir machen hier eine Kissenschlacht, verstehst du: Björn, Lulu und ich, und Lulu ist der Champ, du müsstest sie sehen, wie sie sich auf den Feind stürzt (tiefes Grummeln im Hintergrund) und dann die Attacke reitet (ohrenbetäubendes Fiepen, das in hemmungslosem Jaulen mündet). Mein Kissen hat bereits das Zeitliche gesegnet", Georg prustet offensichtlich in einem Wirbel von Gänsedaunen, „und ich kann grad nichts mehr sehen ..." - es ertönt heftiges Niesen, untermalt von scharrendem Kratzen, „aber jetzt ist Björns dran ... au Backe, das ging daneben! Moment, ich muss mal eben ... `tschuldigung, Liebchen, gleich geht's weiter ..." Sie hörte etwas scheppern, dann das Klicken einer Tür, dann herrschte Stille.

„So!" Georg atmete tief durch. „Alles klar, ich bin im Bad. - Was kann ich für dich tun, Ellen, Liebchen?"

Wie immer gelang es Georg, sie innerhalb von Sekunden zu besänftigen, seinem Charme und seiner Offenherzigkeit hatte sie nichts entgegenzusetzen. „Ich habe Neuigkeiten", begann sie, „unglaubliche Neuigkeiten!" Sie schwelgte in der Vorstellung, ihn am Haken zu haben, und fuhr unbarmherzig fort: „Ich habe heute Morgen meine Nachbarin besucht, die alte Frau Schröder, weißt du? Das Rezept für ihre Quarkbrötchen solltest du dir unbedingt mal geben lassen, Georg, die sind einfach göttlich! Und dazu noch selbstgemachte Hagebuttenmarmelade... ich sage dir, danach würdest selbst du dir alle zehn Finger lecken!" Sie griff nach ihrem Wasserglas und trank genüsslich einen langen Schluck. „Liebchen?!", Georg begann zu vibrieren. „Was willst du mir eigentlich sagen?" „Und wusstest du, dass Frau Schröder so eine Hundenärrin ist? Georg, ich sage dir, wenn's drauf ankommt, können wir jederzeit auf Marie-Luise Schröder als Hundesitterin zählen, bei ihr sind unsere beiden ..." „Ellen!" Georgs Schrei brachte sie blitzartig zum Schweigen. „Spuck's aus!", befahl er. „Sofort!"

Ellen grinste und holte tief Luft. „Okay", sagte sie, sanft wie ein Lamm. „Sitzt du?" Und während der nächsten zehn Minuten war von Georg kein Muckser mehr zu hören. Er kauerte auf dem Badewannenrand, presste sich das Telefon ans Ohr und lauschte Ellens Erzählung, ohne eine einzige Zwischenfrage zu stellen."... so dass wir, wann immer wir ‚das Geräusch' hören sollten, uns nicht mehr ans Jugendamt wenden müssen, Georg, sondern nur noch an die liebe Frau Schröder."

„Georg?" Ellen meinte, lange genug gewartet zu haben. „Bist du noch da?" Aus der Ferne hörte sie sein Schniefen, glaubte, ihn etwas nuscheln zu hören und fasste sich in Geduld. Schließlich vernahm sie ein kräftiges Schnäuzen, dann war er wieder da. „Mann, Ellen, Liebchen ...!" Zu mehr war er nicht imstande. „Kommst du auf ein Glas Wein rüber?" Sie lachte laut auf. „Genau das könnte ich jetzt gebrauchen!", antwortete sie. „Aber vorher muss ich noch zu Sabine und Dietmar rauf, okay?" „Okay!", antwortete Georg mit fester Stimme. „Lass dich nicht unterkriegen, hörst du?"

XXVIII. (Sonnabendnachmittag)

Sie überredete Dieti zu einer kleinen Runde durch den Geibelpark, wartete geduldig, bis er alle Nachrichten gelesen und die seinen hinterlassen hatte und tröstete ihn mit einer leckeren Knabberstange, als sie ihn allein ließ, um zu Dietmar und Sabine hinaufzugehen. Mit klopfendem Herzen legte sie den Finger auf den Klingelknopf.

„Ellen!" Sabines Freude über ihren Besuch schien nicht gespielt zu sein. „Wie schön, komm doch rein." Während Ellen dieser Aufforderung folgte, sah sie, wie Dietmar sich auf der Dachterrasse in Positur stellte: Er wandte ihr den Rücken zu, straffte die Schultern und zog den Bauch ein. Während er die linke Hand lässig in die Tasche seiner Cargohose steckte, trommelten die Finger der rechten hektisch auf dem Wasserglas herum. Er führte es auch dann noch zum Mund, als er es bereits geleert hatte.

„Was kann ich dir anbieten, Ellen?", fragte Sabine, und Ellen registrierte erstaunt, dass zum ersten Mal nicht Dietmar diese Frage an sie richtete, wie es bisher grundsätzlich der Fall gewesen war. „Ich habe gerade eine Ingwer-Limonen-Limonade ausprobiert - was hältst du davon?" Begeistert stimmte Ellen zu und nahm in der Hollywood-Schaukel Platz, obwohl Dietmar sie nicht dazu aufgefordert hatte. Wenig später sah sie Sabine, bewaffnet mit einem kleinen Tablett voller Gläser und Karaffen, über den Flur auf sich zukommen, und zum zweiten Mal an diesem Tag kam ihr eine Frau, die sie schon lange kannte, plötzlich viel größer und jünger vor. Sabines Gang hatte das Zögerliche verloren, das so typisch für sie gewesen war, und plötzlich stellte Ellen fest, dass sie fast gar nicht geschminkt und überhaupt nicht parfümiert war.

„Schön, dich zu sehen!" Das zarte Klingen ihrer Gläser schlang sich wie ein unsichtbares Band um sie herum, das den immer noch in seiner Feldherrenhaltung verharrenden Dietmar auszugrenzen schien. „Was kann ich für dich tun?", fragte Sabine und wandte sich Ellen zu, so konzentriert und ausschließlich, wie sie es noch nie erlebt hatte. „Mir Absolution erteilen", antwortete Ellen und prostete ihr zu. „Ich glaube, ich habe etwas gutzumachen ..."

Sabines Reaktion auf Ellens Erzählung war so überraschend wie alles, was sie bei diesem Besuch an ihr beobachtet hatte: Spontan fiel sie Ellen um den Hals, wischte sich die Tränen aus den Augen und flüsterte: „Oh Gott, ich bin so froh, Ellen, so froh bin ich ..." Und gleich darauf berichtigte sie sich, genau wie Ellen ein paar Stunden zuvor bei Frau Schröder: „Nein, ich meine, was du von der Kleinen erzählst, ist schrecklich, ganz grausam ist das, das meine ich nicht. Aber andererseits, deine Beobachtungen, deine Befürchtungen wegen der ... na, du weißt schon! Ich bin so froh, so so so froh, dass sich das nicht bewahrheitet hat, oh Ellen, ich kann dir gar nicht sagen, wie mich das erleichtert!" Und noch einmal fiel sie Ellen fröhlich schniefend um den Hals.

Als sie sich kurz darauf verabschiedete, nickte sie auch dem ihr stur zugewandten Rücken des Hausherrn ein deutliches „Tschüß, Dietmar!" zu. Ganz langsam wandte er sich zu ihr um, musterte sie von Kopf bis Fuß und sagte gefährlich leise: „Wer dich zum Freund hat, liebe Ellen, braucht keine Feinde mehr."

„Mach dir nichts draus", raunte Sabine ihr zu, als sie sie zur Tür begleitete. „Er ist es nicht gewohnt, dass ich mich gegen ihn stelle und er Widerworte bekommt von mir, und die bekommt er in letzter Zeit reichlich!" Sie kicherte. „Er gibt dir die Schuld daran und behauptet, deine Geschichte von der angeblichen Vergewaltigung der

Kleinen da unten habe mich so verändert. Vielleicht hat er sogar Recht: Seine Reaktion auf das, was du uns neulich erzählt hast, hat mich wachgerüttelt, weißt du? Dieses kategorische ‚damit wollen wir nichts zu tun haben' hat mich bis in die Träume verfolgt, und ich habe lange darüber nachgedacht. Und im Laufe der Zeit wurde mir klar, dass ich mich seinem Urteil, seiner Entscheidung nur allzu gern untergeordnet hatte, einfach so, nur aus Bequemlichkeit. Es war doch herrlich, ihn machen und mich treiben zu lassen, bequemer konnte ich's doch gar nicht haben! Bis du mit deiner Geschichte kamst, Ellen. Die hat mich getroffen, irgendwo da ganz tief drinnen, und da habe ich gemerkt, dass ich selber entscheiden will, selber entscheiden muss - und wenn's sein muss, sogar gegen ihn!" Sie warf einen Blick zurück auf die Dachterrasse, wo Dietmar sich inzwischen auf eine Liege hatte fallen lassen. „Ich habe mich vorgestern bei der Kieler Tafel als ehrenamtliche Helferin gemeldet!" Sabines Gesicht glühte vor Stolz. „Dietmar hat getobt, kann ich dir sagen. ‚Meinetwegen trag dein Geld dahin", hat er geschrien, ‚wenn du sonst nicht weißt, was du damit machen sollst, aber komm mir nicht mit Flöhen und Wanzen von all diesen Pennern nach Hause ...' Da hätte ich ihm fast eine geknallt, Ellen, glaubst du das? Danach hatten wir eine mehrstündige Grundsatzdebatte, an der er immer noch kaut, aber ich bin guter Hoffnung. Ich glaube ganz fest daran, dass sogar mein Dietmar noch lernfähig ist!" Sie umarmte Ellen noch einmal und winkte ihr nach, bevor sie die Tür hinter ihr schloss.

XXIX. (Sonnabendabend)

Natürlich war es bei Georg nicht bei einem Glas Wein geblieben. Je glücklicher Georg war, desto unwiderstehlicher wurde sein Wunsch zu kochen und desto grandioser fiel das Menu aus, das seiner Fantasie entsprang. Und während Ellen Björn half, die Spuren der Kissenschlacht zu beseitigen und die Daunen aus Sofaritzen, Lampenschalen, Bücherregalen, Saftgläsern, Heizungsrippen und Blumentöpfen zusammenzuklauben und wegzusaugen, wirkte Georg mit aufgekrempelten Ärmeln und lauthals Opernarien schmetternd in der Küche. Die Hunde hatten enthusiastisch Wiedersehen gefeiert und sich dann schnell müde getobt, und während Björn, Ellen und Georg sich nach einem ausgiebigen Festmahl - drei Variationen vom Lachs mit Vor- und Nachspeise - zu ihrem obligatorischen Espresso auf den Balkon zurückzogen, schnarchten die beiden im Wohnzimmer um die Wette.

„Himmel, geht's uns gut!", seufzte Björn und legte die langen Beine auf die Balkonbrüstung. „Zu gut!", bestätigte Ellen und klopfte sich vielsagend auf den Bauch. Georg lächelte zufrieden, verschränkte die Hände im Nacken und ließ den Blick zu den im Hof lärmenden Fußballkids wandern. „Können wir irgendwas tun?", fragte er Ellen, und sie wusste sofort, wovon er sprach. „Ich wüsste nicht, was", antwortete sie, und er nickte traurig.

Als sie eine knappe Stunde später mit Dieti an ihrer Seite den Hof überquerte und durch den Keller hindurch in den unteren Flur ihres Hauses trat, wurde zeitgleich die Haustür aufgestoßen: Sie standen René Lauterberg und seiner Tochter Sarah gegenüber. Die beiden hatten offensichtlich eine Radtour gemacht, was an den Helmen erkennbar war, die sie in den Händen hielten. Während der Vater noch die Tür aufhielt, schlüpfte das Mädchen unter seinem Arm hindurch und blieb wie angewurzelt stehen. Auch Dieti war stehen geblieben, und beide sahen sich unverwandt an. Dann glitt die Andeutung eines Lächelns über Sarahs Gesicht, das Dieti mit einem zaghaften Schwanzwedeln beantwortete. Und während Ellen auf der einen und René Lauterberg auf der anderen Seite des Flurs ganz still standen und abwarteten, ließ Sarah sich lautlos auf die Knie nieder, beide Hände locker auf ihren Oberschenkeln ruhend. Ganz langsam, Schritt für Schritt, näherte sich Dieti, bis er direkt vor ihr stand. Mit einem leisen Grunzen legte er ihr den schweren Kopf auf die Schulter, und Sarah schlang beide Arme um seinen Hals.

Ellen hob den Blick und schluckte. Völlig selbstvergessen, mit einem entrückten Lächeln auf dem unrasierten Gesicht, stand René Lauterberg da, still versunken in den Anblick seiner Tochter. ‚Meine Güte, der Mann kann ja lächeln', fuhr es Ellen durch den Kopf, doch dann spürte sie Sarahs Blick auf sich gerichtet. Über den pechschwarzen Hundekopf hinweg leuchteten ihr die Kinderaugen entgegen: „Darf ich ihn mal besuchen?", fragte Sarah schüchtern. „Natürlich", antwortete Ellen. „Wann immer du magst."

DANKE

sage ich meiner Freundin Annette Miesen-Moray dafür, dass sie mich in Phasen des Zweifelns und der Mutlosigkeit ermunterte, weiterzuschreiben;

DANKE

sage ich meiner Tochter Anne , die in ihrer Funktion als Lektorin weder im Hinblick auf meinen Stil, noch auf den Fortgang meiner Geschichte „töchterliche" Gnade walten ließ und mir dadurch sehr geholfen hat;

DANKE

sage ich meiner Freundin Dagmar Helbig, Portrait- und Kunstmalerin, die mein Buch mit dem speziell für dieses Cover geschaffenen Werk krönte;

*und **DANKE***

sage ich wie immer und von Herzen meinem Mann Reinhard, ohne dessen unerschütterliche Ruhe und Langmut, ohne dessen Kenntnisse und Fähigkeiten es keines meiner Bücher je gegeben hätte.

―――― **BUCHTIPP** ――――

Familiendrama in Lübeck

„Ein 53 Jahre alter Mann hat gestern am späten Nachmittag seine 26-jährige Tochter an der Bushaltestelle Kohlmarkt/Ecke Breite Straße erschossen. Der Mann hatte der jungen Frau offenbar aufgelauert und sie mit einem gezielten Schuss getötet. So titeln am Dienstag, 22. April, die ‚Lübecker Nachrichten'." Damit steht der Mörder schon zu Beginn von Christiane Gezecks Roman „Am Ende der Dämmerung" fest. Was fehlt, ist ein Motiv. Der Leser wird mitgenommen auf die mühsame Spurensuche in einer äußerlich harmonischen Familie. Genug Lokalkolorit wird ihm dabei geboten: Ganghäuser, Musik, detailgenau werden Schauplätze wie das Stadtcafé und – natürlich – Niederegger beschrieben sowie eine Radtour am Ratzeburger See. Die Idee kam der Autorin aus Nusse, die bisher mit ihren „Geschichten für Tierliebhaber" großen Zuspruch fand, übrigens nach der Lektüre einer Zeitungsmeldung in den LN.

Christiane Gezeck
Am Ende der Dämmerung
Verlag Shaker Media
192 S. 14,90 €

Lübecker Nachrichten 26./27. August 2012